Christoph-Maria Liegener

Die Atithi-Trilogie

Herstellung und Verlag:
BoD – Books on Demand, Norderstedt
Cover-Bild: Shutterstock

ISBN:
9783756844128

Inhalt

Vorwort 7

Teil 1:
Atithi
Die Botschaft der Alien-Frau 9
Die Befruchtung.................................... 11
Die Brut 17
Gegenwehr 23
Koexistenz.. 31
Formen der Liebe................................. 43

Teil 2:
Atithis Welt
Die letzte Hoffnung der Menschheit 57
Der Flug 59
Die Ankunft...................................... 64
Atithi und Tom 80
Die Rückkehr.................................... 89
Der Angriff 93

Teil 3:
Atithis Opfer
Schicksal eines Planeten........................**103**
Die Überbevölkerung.................................... 105
Jungfrauenopfer 110
Becky 117
Die Aufspaltung der Menschheit 126
Die Wiedervereinigung 133
Die Rettungsaktion....................................... 140

Vorwort

In diesem Buch werden die drei bisher erschienenen Atithi-Romane als Trilogie in einem Band zusammengefasst. Die Texte sind bis auf minimale Korrekturen unverändert geblieben.

Christoph-Maria Liegener

Teil 1:
Atithi
Die Botschaft der Alien-Frau

Die Befruchtung

Max nahm die Hundeleine, pfiff den Hund herbei und sagte zu seiner Frau Lisa:

„Ich gehe mit Bello raus."

„Viel Spaß!", antwortete Lisa.

Alsdann führte Max Bello in den Stadtpark und ließ ihn sein abendliches Geschäft verrichten. Alles wie üblich. Der Sternenhimmel über ihm ließ ihn in tiefe Gedanken versinken. War sein Leben nicht zu einem eintönigen Trott geworden? Es schien ihm so langweilig zu sein und nichtssagend im Angesicht des Universums, das sich über ihm öffnete.

Da trat plötzlich hinter einem Gebüsch die schönste Frau hervor, die er je gesehen hatte, nackt wie die schaumgeborene Venus.

Sie ging geradewegs auf ihn zu, nahm ihn wortlos bei der Hand und zog ihn ins Gebüsch. Wie hätte er sich da sträuben können?!

Sein Gehirn schaltete in den Stand-by-Modus um. Atavistische Triebe aus dem Untergrund seiner Persönlichkeit hatten die Steuerung übernommen und sagten ihm, er solle mal abwarten, was aus der Sache wird. So zierte er sich nicht, als die schöne Unbekannte sich anschickte, Sex mit ihm zu haben. Eine Prostituierte war sie wohl nicht, sonst hätte er schon zahlen müssen.

Sie wälzten sich im Gras, die Frau öffnete seine Hose und er bekam eine Erektion. Spätestens zu diesem Zeitpunkt hätte sich sein Gewissen wegen seiner Frau melden müssen. Tat es aber nicht. Im Gegenteil, er genoss die Situation, wobei er sich einredete, dass er, solange er die Sache nur passiv über sich ergehen ließ, keine Verantwortung trüge. Na, da machte er sich wohl etwas vor – schweigendes Einverständnis nennt man das wohl, wonach er sich verhielt. Und außerdem: Ganz passiv war er ja auch nicht, insbesondere, nachdem er seine Erektion bekommen hatte. Aber immerhin kann zu seiner Rechtfertigung gesagt werden, dass die Initiative nicht von ihm ausging.

Zwischendurch fragte er sie, wie sie denn eigentlich hieße.

„Atithi", antwortete die Schöne, ohne mit der Wimper zu zucken. Nach seinem Namen fragte sie nicht und zog ihr Ding durch. Max kam heftig.

Was dann passierte, war noch erstaunlicher als das, was bisher geschehen war:

Ein brennender Schmerz zog sich durch Max' Harnleiter hinauf bis in seinen Unterleib, wo er sich festsetzte. Max sackte stöhnend in sich zusammen und krümmte sich vor Schmerzen. Atithi verschwand wortlos in der Dunkelheit.

Max schleppte sich mühsam nach Hause und sank mit schmerzverzerrtem Gesicht auf die Couch.

„Was hast du, Liebling?", fragte seine Frau besorgt.

„Nichts, mein Schatz", antwortete Max. „Ich werde wohl das Essen in der Kantine nicht vertragen haben."

Was hätte er auch sonst sagen sollen? Dass er sie gerade mit einer wildfremden Frau betrogen hatte? Dass er sich dabei anscheinend etwas eingefangen hatte? Das würde er ihr nie erklären können!

Am nächsten Tag waren die Schmerzen noch schlimmer geworden und Max konnte nicht zur Arbeit gehen. Zum Arzt wollte er andererseits auch nicht. Jegliche Schilderung des Infektionsgeschehens wäre ihm unangenehm gewesen.

„Ich glaube, es wird schon wieder weggehen", beruhigte er seine Frau und zog sich zurück.

Er lag wimmernd auf der Couch und versuchte, den Schmerz zu ertragen, als ihn ein unwiderstehlicher Harndrang überkam und er auf die Toilette stürzte.

Wenn er nicht im Stehen gepinkelt hätte, hätte er nicht gesehen, was dann geschah: Unzählige winzige schwarze Maden quollen aus seinem Penis in die Toilette.

Hastig spülte er sie hinunter.

Ihn schauderte. Andererseits fühlte er sich jetzt etwas erleichtert und die Schmerzen ließen tatsächlich nach. Er beschloss, die Sache für sich zu behalten.

Anderen Männern ging es ähnlich:

In seiner Studentenbude hatte Franz die Vorbereitungen für die Klausur abgeschlossen und ging zu Bett. Da klingelte es an der Tür. Draußen stand eine wunderschöne nackte Frau, die sich mit den Worten vorstellte:

„Hallo, ich bin Atithi und muss dir etwas zeigen."

Damit drängte sie ihn in die Wohnung zurück. Viel Widerstand musste sie nicht überwinden. Franz ließ sich gern von ihr ausziehen und schlief mit ihr. Der Ablauf beim Orgasmus und danach war der gleiche wie bei Max.

Charlie arbeitete als Barkeeper in einem Nachtclub. Als er gegen Mitternacht eine freie Toilettenkabine aufsuchte, fand er darin eine umwerfend schöne nackte Frau vor. Sie zog ihn zu sich hinein und öffnete seinen Hosenschlitz. Er hatte nichts gegen einen Quickie mit der verführerischen Unbekannten einzuwenden und sie praktizierten die Antilopenstellung. Am Schluss erlebte er dieselbe böse Überraschung wie alle anderen, die mit Atithi Sex hatten.

Atithi zog unermüdlich weiter und beglückte viele Männer. Keiner verweigerte sich der schönen nackten Frau, die sich so großzügig anbot. Die wenigsten sprachen jemals über das, was danach geschah. Es war ihnen wohl peinlich. So konnte Atithi ungestört über lange Zeit nach immer neuen ahnungslosen Opfern Ausschau halten.

Die Brut

Robert hatte sein Tagwerk verrichtet. Als Leiter der Kläranlage trug er die Verantwortung für den reibungslosen Ablauf der ganzen Anlage. Heute hatte es keine besonderen Vorkommnisse gegeben. Er packte seine Sachen zusammen und wollte gerade nach Hause gehen. Da betrat Atithi den Raum. Der überraschte Robert erstarrte mitten in der Bewegung und glotzte die nackte Frau ungläubig an. Zu einer Reaktion war er nicht fähig und wich auch nicht zurück, als die Unbekannte sich ihm näherte.

Atithi liebkoste Robert, ohne es jedoch zum Koitus kommen zu lassen. Stattdessen küsste sie ihn, wobei sie ihre Zunge tief in seinen Rachen wandern ließ. Robert japste vor Vergnügen. Dann spaltete sich ihre Zunge immer weiter auf und die einzelnen Äste verjüngten sich immer mehr, bis sie in die Nasennebenhöhlen und die Stirnhöhle gelangten. Jetzt wurde Robert die Sache doch unheimlich und er versuchte, sich zu wehren.

Zu spät! Die Auswüchse ihrer Zunge hatten elektrische Impulse durch die dünne Knochenschicht auf sein Gehirn übertragen. Die Impulse gingen direkt an die Synapsen des Frontallappens und steuerten seine Gedanken. Es war, als stünde er unter Hypnose. Willenlos nahm er ihre Befehle entgegen.

Was sie wollte, war gar nicht so schwierig durchzuführen. Er sollte ein Extrabecken für die Maden freihalten, die demnächst mit dem Abwasser kämen. Was es damit auf sich hatte, erläuterte sie ihm nicht.

Robert führte ihre Befehle aus und bald befanden sich in einem großen Becken die ersten der kleinen schwarzen Maden, die all die beglückten Männer in die Toiletten entleert hatten. Auf Atithis Anweisung wurde regelmäßig eine Nährlösung ins Becken gekippt, die sie selbst hergestellt hatte, und die Maden wuchsen in erstaunlichem Tempo. Es kamen immer mehr dazu und sie wurden immer größer.

Es dauerte nicht lange, da hatten die ersten Maden die Größe von Menschen erreicht. Diese riesigen Maden verpuppten sich anschließend in entsprechend großen schwarzen Kapseln, die aussahen wie runde schwarze Särge und einfach nur herumlagen, während sich in ihrem Inneren eine geheimnisvolle Metamorphose vollzog wie bei einem Insekt. Was sich da entwickelte, würde Robert abermals überraschen.

Der arme Robert bekam jeden Morgen einen neuen Kuss von Atithi, um die Hypnose aufrecht zu erhalten. Immer noch lief er wie in Trance umher und sorgte dafür, dass niemand die Brut störte. Nach zwei Wochen platzten die ersten Puppen auf und was daraus hervorschlüpfte, raubte Robert den Atem. Es waren exakte Kopien von Atithi: wunderschöne nackte Frauen, die man nicht von ihrer Mutter unterscheiden konnte. Man musste Atithi wohl als die Mutter dieser Geschöpfe bezeichnen, da sie die Männer gewissermaßen befruchtet hatte. Eigentlich eine Vertauschung der Rollen der Geschlechter, aber an der ganzen Geschichte war sowieso nichts normal.

Sobald die schönen Frauen sich vom Schlüpfen erholt hatten, schwärmten sie in alle Richtungen aus und machten sich auf die Männerjagd. Sie gingen genauso vor wie Atithi selbst. Jede von ihnen nannte sich wiederum Atithi und es schien, als ob jede von ihnen auch die gesamte Identität von Atithi übernahm. Offenbar handelte es sich um eine Vervielfältigung des geheimnisvollen Wesens, wobei alle Exemplare telepathisch miteinander verbunden waren und eine einzige Identität teilten. Sie waren eine Person in vielen Exemplaren. Ihre Handlungen waren koordiniert und sie dachten alle dieselben Gedanken.

Alle Exemplare verführten die Männer, die ihnen begegneten und bewirkten im Endeffekt wieder die Ausscheidung von unzähligen kleinen schwarzen Maden durch ihre männlichen Opfer. Wenn es in diesem Maß weiterginge, würde die Welt bald von unzähligen Alien-Frauen besiedelt sein, die wiederum neue Kopien von

Atithi hervorbringen würden. Was würde dann aus der Menschheit werden?

Noch bemerkte niemand etwas davon.

Das lag daran, dass die Alien-Frauen sich im Allgemeinen gut verborgen hielten. Trotzdem konnte nicht ausbleiben, dass immer mal wieder eine der nackten Frauen gesichtet wurde. Das sorgte zwar für Erstaunen, hatte aber keine weiterreichenden Folgen. Was sollte auch schon groß passieren? Die Männer störten sich nicht im Geringsten an den nackten Frauen – sie genossen vielmehr den Anblick – und die menschlichen Frauen versuchten, sie zu ignorieren.

Wenn es dann doch mal zu einer Anzeige wegen öffentlichen Ärgernisses kam, löste sich das Ganze schnell in Wohlgefallen auf. Die Alien-Frau küsste einfach den diensthabenden Vorgesetzten und hypnotisierte ihn dadurch. Folgsam ließ er dann die Frau auf freien Fuß setzen. In den Akten tauchte der Vorfall zwar auf, wurde aber nicht weiterverfolgt.

Zum Gesprächsthema wurde es dann aber irgendwann doch, zumal manche der männlichen Opfer es mit der Angst zu tun bekamen und zum Arzt gingen. Hier zeigte sich dann, dass der Befruchtungsvorgang keinerlei sichtbare Spuren hinterlassen hatte. Mit der Ausscheidung der kleinen Maden war anscheinend alles erledigt. Genaueres wusste man nicht.

Gegenwehr

Helmut saß mit Max beim Bier und prahlte:

„Gestern habe ich die schönste Frau gevögelt, die du dir vorstellen kannst."

Max entgegnete großmäulig:

„Ich hatte sie schon vor einer Woche."

Es dauerte nicht lange, bis sie herausgefunden hatten, dass sie tatsächlich beide mit derselben Frau Sex gehabt hatten – mit Atithi. Und sie hatten beide dieselben Nachwirkungen erlebt. Darüber rückten sie allerdings nur zögerlich mit der Sprache heraus. Max meinte:

„Dieses Brennen in der Harnröhre! Ich dachte, ich hätte mir einen Tripper eingefangen!"

Helmut lachte:

„Quatsch! Beim Tripper hast du das erst nach drei Tagen. Und es gibt noch einen Unterschied: die Unterleibsschmerzen! Das war etwas ganz anderes."

„Ja, es muss eine Art Befruchtung gewesen sein, wenn man bedenkt, was da am nächsten Tag unten herauskam!"

Beide schauderten noch einmal beim Gedanken daran und nahmen einen Schluck Bier zur Beruhigung.

Helmuts Redseligkeit führte dazu, dass sich die Erlebnisse der beiden bald in der Firma herumgesprochen hatten. Auch Aglaia erfuhr davon und war am Boden zerstört. Aglaia versuchte schon seit Jahren, Helmut auf sich aufmerksam zu machen – ohne jeden Erfolg. Sie waren beide unverheiratet und Aglaia fühlte ihre biologische Uhr ticken. Sie hatte ein Auge auf Helmut geworfen und sich Hoffnungen auf eine Verbindung mit ihm gemacht. Allerdings reagierte der Angehimmelte nicht auf ihre Bemühungen, so dass sie überlegte, ob Helmut sich vielleicht nur nicht mit einer Kollegin einlassen wollte oder ob sie wohl nicht deutlich genug gewesen wäre. Und dann kam dieses Flittchen aus dem All und schnappte ihn sich einfach so!

In ihrer Verzweiflung erwog Aglaia, es ihr gleichzutun und Helmut ebenfalls mit ihrer Nacktheit zu konfrontieren. Sicher, so perfekt wie Atithi sah sie nicht aus, aber auszusetzen gab es an ihr auch nichts. Und wenn es offenbar sowieso nur auf die elementaren Triebe ankam, würde es kaum einen Unterschied machen.

So schlüpfte sie kurz vor Dienstschluss in Helmuts Büro und hauchte:

„Einen Moment bitte, Helmut. Ich habe eine Überraschung für dich."

Dann zog sie sich ohne viel Federlesens aus, kam zu ihm hinter den Schreibtisch und küsste ihn leidenschaftlich. Ihr Plan funktionierte. Eine nackte Frau, kombiniert mit der entsprechenden Gelegenheit – was einmal klappt, klappt auch ein zweites Mal. Aglaia hatte Sex mit Helmut und ab da lief es mit ihm. Nach diesem Ereignis verabredeten sie sich regelmäßig auf konventionelle Weise zu ihren Schäferstündchen. Nach einer Weile konnte man von einer Beziehung reden.

Helmut erzählte Max davon und meinte:

„Jetzt habe ich dasselbe wie mit Atithi, nur ohne Nebenwirkungen."

Max gratulierte und kam auf Atithi zurück:

„Das mit Atithi war schon richtig krass, nicht wahr. Wenn man es sich überlegt, kommt man zu dem Schluss, dass Atithi tatsächlich eine Alien-Frau sein muss, die mit uns ihren Nachwuchs gezeugt hat."

Nachdenklich fügte Max hinzu:

„Und wahrscheinlich nicht nur mit uns. Kein Mann wird ihr je widerstanden haben. Es wird eine Alien-Flut geben, eine Invasion."

Helmut meinte:

„Wir müssen etwas dagegen tun! Wir müssen Atithi das Handwerk legen! Das ist unsere Pflicht als Menschen."

„Okay", stimmte Max zu. „Wir sollten in den Park gehen und sehen, ob wir sie finden!"

„Gut. Schließen wir einen Pakt, dass wir das gemeinsam machen! Wir werden uns im Namen der ganzen Menschheit wehren."

Gesagt, getan. Sie durchstreiften den Park.

Tatsächlich sichteten sie nach einer Weile Atithi, die zunächst zielstrebig auf sie zuging, dann aber Witterung aufnahm und davonlief.

„Sie muss uns beim ersten Kontakt irgendwie markiert haben, damit sie nicht zweimal den gleichen Mann begattet", vermutete Max.

„Dann werden wir sie wohl kaum erwischen", stellte Helmut fest. „Wir werden die Sache der Polizei übergeben müssen."

Da sie nun schon mal unterwegs waren, suchten sie die nächste Polizeiwache auf und trugen ihre Geschichte vor. Die Beamten hörten sich erstaunt ihre Erlebnisberichte an, ja, sie neigten sogar dazu, sie zu glauben, wobei sie nicht einmal versuchten, ein breites Grinsen zu verbergen.

Sie dachten wohl:

„Was für Trottel sind das denn! Da sind ja zwei durch ein Wechselbad der Gefühle gegangen. Erst Glück, dann Pech. Voll in die Falle gegangen! Sich ungeschützt in so ein Abenteuer zu stürzen! Eine derartige Dummheit muss sich doch rächen!"

Sie hielten das Schicksal der beiden Lustmolche für gerechtfertigt. Erst das Vergnügen und dann die Strafe!

Die Gefühle der Polizisten wechselten zwischen Neid und Schadenfreude. So ist das: Wer den Schaden hat, braucht für den Spott nicht zu sorgen.

Die Beamten fanden die Sache zwar lustig, zweifelten dennoch zunächst noch an den Schlussfolgerungen der beiden Opfer, was die Alien-Herkunft der Frau betraf.

Dann erinnerten sie sich an die in letzter Zeit gehäuften Berichte über nackte Frauen in der Stadt. Hing das miteinander zusammen? Die Beamten beschlossen nun doch, der Sache nachzugehen.

Sie konnten eine der nackten Frauen fassen und ließen sie von Medizinern untersuchen. Mittels Ultraschall und CT fand man schnell heraus, dass sie nur äußerlich menschlich wirkte. Im Inneren besaß sie Strukturen, die etwas Ähnliches wie Organe auf Siliziumbasis zu sein schienen. Eindeutig außerirdischen Ursprungs! Ganz klar: Atithi war eine Alien-Frau und kam aus der Tiefe des Alls. Bei den neugezüchteten Wesen musste es sich um ihre Nachkommen handeln.

Die Befragung des Wesens ergab nichts. Die frauenartige Kreatur wusste entweder nichts über ihre Herkunft, oder wollte nichts darüber sagen. Sie befragten weitere solcher Wesen – immer wieder ohne Erfolg. Sie alle nannten sich Atithi und antworteten auf die Frage, was sie auf der Erde wollten:

„Liebe."

Das verstanden die Polizisten nicht.

Alles, was die Menschen nicht verstehen, betrachten sie als Bedrohung. So sind wir nun einmal. Hier handelte es sich dann offenbar um eine Bedrohung von außen und daher übernahm das Verteidigungsministerium das Ruder. Man setzte die Bundeswehr ein und bald sah man überall im Land Soldaten nackte junge Frauen jagen.

Entsprechendes trug sich auch in anderen Ländern ähnlich zu und die NATO entwickelte Verteidigungspläne. Selbst entferntere Länder wurden von dem Problem heimgesucht, wenn es denn ein Problem sein sollte.

Koexistenz

Hier stellte sich nämlich ein ethisches Problem: Was sollte man mit all den gefangenen Alien-Frauen machen. Genau genommen schadeten sie ja niemandem. Die Männer schliefen freiwillig mit ihnen und sie nahmen niemandem etwas weg. Als Silizium-basierte Wesen ernährten sie sich von Sand, den sie überall fanden. Das konnte man ihnen kaum zum Vorwurf machen. Über sexuelle Belästigung hatte sich ebenfalls niemand beklagt.

Nach langem Hin und Her entschied man sich schließlich, die Alien-Frauen wieder freizulassen. Es kamen ja sowieso immer noch neue hinzu. Man konnte sie nicht alle internieren.

Jetzt hatten die Alien-Frauen wieder freie Bahn. Trotzdem liefen sie irgendwann in Leere. Die einen Männer entfielen, weil sie schon einmal dran gewesen waren. Die anderen hatten die Schauergeschichten von den Nachwirkungen gehört und trauten dem Braten nicht.

So verloren die Alien-Frauen ihre Daseinsmotivation, die offenbar in ihrer Vermehrung bestand. Sie gingen in einen merkwürdigen Ruhezustand über, indem sie ihre Außenhülle mit Silikat anreicherten und sich so zu einer Art Statuen mit einer mineralischen Oberfläche wandelten. Sie sahen aus wie Marmorbildnisse. Diese Statuen von schönen nackten Frauen standen jetzt überall an verborgenen Stellen in den Städten herum. Man hätte sie für Venus-Statuen halten können, wenn man sich im antiken Rom befunden hätte. Nun befand man sich aber im 21. Jahrhundert und es schien fast, als wäre ein neuartiger Atithi-Kult entstanden, zumal viele Männer die attraktiven Statuen umarmten.

Dass sie dies taten, hatte einen Grund, den anfangs noch nicht alle kannten: Wenn man solch eine Statue lange genug ausgiebig liebkoste, erwachte sie zum Leben!

Immer mehr Männer machten sich ein Vergnügen daraus, eine der Statuen zum Leben zu erwecken und mit ihr herumzuknutschen. Das konnte sehr angenehm sein. Man musste nur aufpassen, dass es nicht zum Koitus kam. Und auch die Küsse konnten gefährlich sein, wie inzwischen die meisten wussten.

Erstaunlicherweise gab es ab und zu immer noch Männer, die sich über die Risiken nicht im Klaren waren und tatsächlich weitere Maden produzierten. Weitaus seltener erschienen Masochisten, die den schmerzvollen Abschluss des Sexes willentlich in Kauf nahmen und dabei voll auf ihre Kosten kamen. Auch sie schieden hinterher Maden aus. Lesbierinnen probierten es ebenfalls. Atithi tauschte auch mit ihnen Zärtlichkeiten aus. In diesen Fällen ging es tatsächlich nur um Liebe. Kleine schwarze Maden wurden nicht produziert. Frauen waren offenbar für diese Form der Vermehrung nicht geeignet.

Insgesamt waren die Menschenfrauen alles andere als zufrieden mit der Entwicklung. Sie hatten keine Lust, sich dauernd um die Treue ihrer Männer zu sorgen. Einige von ihnen gründeten eine Bürgerbewegung, um die Invasoren zu verbannen.

Ein politisches Konzept dafür konnten sie jedoch nicht vorlegen. So verlief auch diese Bewegung im Sand.

Max hatte Gefallen an Atithi gefunden, das musste er sich eingestehen. Gut – Sex kam nicht mehr in Frage, aber trotzdem packte ihn das Verlangen, ihre Statue zu umarmen. Wie bei anderen auch erwachte sie zum Leben. Sie ergriff nicht die Flucht. Offenbar hatte die Markierung nur Gültigkeit gehabt, solange die Alien-Frauen auf Männerjagd waren. Das hatte sich nun wohl erledigt.

Jetzt ging es um geistigen Kontakt. Vorsichtig versuchte Max, ein Gespräch mit Atithi zu beginnen. Er fragte sie, woher sie käme. Sie deutete mit dem Finger in den Nachthimmel. Mehr nicht. So viel hatte Max sich auch vorher schon gedacht. Aber gut – weiter im Text:

„Und was willst du hier auf der Erde?", fragte er neugierig.

Zur Antwort wollte sie ihn küssen. Sie neigte wohl mehr zu Taten als zu Worten.

Max bekam einen Schreck und zuckte zurück. Er hatte von der hypnotischen Wirkung ihrer Küsse gehört.

Aber Atithi sah ihm tief in die Augen und beruhigte ihn:

„Hab' keine Angst!"

Das sagt sich so leicht! Er hatte aber eindeutig Angst! Und nicht zu wenig! Andererseits war der Blick in ihre Augen wie der Blick in die Weiten des Universums. Was gab es da nicht alles zu entdecken?!

Wer nicht wagt, der nicht gewinnt! Er nahm all seinen Mut zusammen und küsste sie. Wie bei den anderen Männern nahm sie Kontakt zu seinem Gehirn auf. Aber im Gegensatz zu den früheren Vorfällen versuchte sie nicht, es zu beherrschen. Im Gegenteil, sie eröffnete ihm Einblicke in ihren Geist: Eine fremdartige neue Welt zeigte sich ihm, die er zunächst nicht verstand. Dann aber kam eine Flut der Liebe, nicht einer sexuellen Liebe, sondern einer universellen Liebe, einer Liebe über die Grenzen dieser Welt hinaus. Er verstand: Diese Wesen wollten der Menschheit nichts tun.

Im Gegenteil, sie wollten den Menschen etwas schenken, etwas Wunderbares, etwas, wovon die Menschen bisher keine Ahnung hatten. Er fühlte, dass dieses Wesen ihn liebte und er erwiderte diese Liebe. Dabei ging es nicht um irgendeine Art von körperlichem Begehren, sondern um unendliches Vertrauen. Das Körperliche spielte keine Rolle. Er sah diese Wesen in ihrer natürlichen Gestalt, die geschlechtslos war, nicht in der Gestalt, die sie den Menschen zuliebe angenommen hatten.

In ihrer wahren Gestalt wirkten sie lichtdurchflutet und filigran. Fast schienen sie nur aus Gliedmaßen zu bestehen, die einem kugelförmigen Zentrum entwuchsen. Da sie eine Sexualität nicht entwickelt hatten, musste ihre Evolution sehr viel länger gedauert haben als die der Menschen.

Die äußere Form einer Frau hatten sie nur für den Kontakt mit der Menschheit gewählt, und zwar deshalb, weil die Triebhaftigkeit der menschlichen Männer ihnen den leichtesten Zugang versprach. Außerdem wurden nackt herumlaufende Frauen auch von anderen Frauen eher geduldet als nackt herumlaufende Männer von anderen Männern.

Eine Frage lag Max auf der Zunge und er sprach sie aus:

„Warum hast du dich eigentlich Atithi genannt?"

Sie antwortete:

„Das ist Sanskrit und bedeutet ‚die Besucherin'. Wir sind etwas altmodisch und wollten eine alte menschliche Sprache benutzen."

Max stimmte zu:

„Ja, altmodisch ist es schon. Sanskrit beherrschen heute nur noch wenige, aber als Name geht es. Ich werde versuchen, mir das Wort zu merken. Vielleicht geht es, wenn ich dabei an ‚Titten' denke, zumal ich deine dauernd vor mir sehe. Die sind übrigens nicht von schlechten Eltern!"

„Sie sind gar nicht von Eltern, sondern konstruiert! Was nun aber deine Eselsbrücke betrifft, so ist sie vulgär."

„Ja, schon, aber die vulgären Eselsbrücken funktionieren meist am besten. Nimm nur das Wort ‚Stalaktiten‘! Wer einmal die Verbindung von Stalaktiten mit ‚hängenden Titten‘ hergestellt hat, wird nie mehr Stalaktiten und Stalagmiten verwechseln.“

Atithi wandte ein:

„Es geht auch ohne Titten! Versuch’s doch mal damit: Zerlege das Wort Atithi in seine Bestandteile. Tithi bezeichnet im Sanskrit den bestimmten Zeitpunkt. Da kannst du an ‚Tea Time‘ denken. Das A entspricht dem indogermanischen Alpha Privativum und verneint das folgende Wort. Daher ist Atithi jemand, der oder die nicht zu einem bestimmten Zeitpunkt, sondern unvermittelt auftaucht – ein Überraschungsbesuch.“

Max stimmte zu:

„Das ergibt Sinn, aber ich bleibe lieber bei deinen Tittis.“

Er wollte noch mehr über Atithi wissen und erfuhr so einiges.

Es gab diese Wesen schon sehr lange. Eine alte Spezies, die den Drang verspürte, ihr Wissen weiterzugeben. Dabei handelte es sich weniger um technisches Wissen als um eine Art Weisheit, ein Wissen um die Geheimnisse des Universums.

Ihre Heimat war der Planet, den wir unter der Bezeichnung Proxima Centauri b kennen. Er ist mit 4,2 Lichtjahren Entfernung so etwas wie ein kosmischer Nachbar der Erde. Um die immer noch beträchtliche Entfernung zu überwinden, hatte sie sich für die Dauer der Reise mineralisiert. Allem Anschein nach war die Menschheit eine der ersten Anlaufstationen jener Wesen bei der Missionierung des Weltalls.

Noch etwas wollte Max gern wissen:

„Wie lange lebt ihr und glaubt ihr an ein Leben nach dem Tod?"

Atithi antwortete:

„Nach euren Zeitmaßstäben leben wir ein paar hundert Jahre. Ein Leben nach dem Tod, wie ihr es euch vorstellt, erwarten wir nicht. Dennoch glauben wir, dass unser Leben in diesem Universum nicht alles ist, was uns zuteilwird.

Wir koppeln uns in unser kollektives Bewusstsein ein, das wiederum in das Gewebe des Raum-Zeit-Kontinuums eingebettet ist. Wir stehen gewissermaßen in Kontakt mit dem Universum. So erfuhren wir, dass es Strukturen gibt, die größer sind als das Universum. Diese Einsicht ist nicht rein wissenschaftlich. Geistige Schwingungen versichern uns unserer Existenz in einer Ewigkeit, die wir nicht erfassen können. Das reicht uns. Darauf vertrauen wir. Wir sind nicht so individuell orientiert wie ihr und nehmen uns nicht so wichtig. Uns in die Gemeinschaft eingebracht zu haben, genügt uns und das wird uns bleiben, auch wenn wir sterben. Wir schwingen mit der Unendlichkeit. Die Grenzen zwischen Geist und Materie verschwimmen. Eine Wiedergeburt in unseren Körpern erwarten wir nicht. Es gibt Besseres. Die Seele sehen wir als unsterblich an, wie auch ihr das tut. Der Tod ist nur ein unbedeutendes Ereignis in unserer kosmischen Existenz."

Eine völlig andere Art zu glauben! Max musste seine Gedanken neu sortieren, aber ihm gefiel, was er lernte, und er wollte daran teilhaben.

Mitten in der glücklichen Erfahrung seiner Kommunikation mit Atithi erinnerte sich Max an seine Frau. Kurzfristig hatte er den Gedanken an sie ausgeblendet, aber diese universelle Liebe, die er hier kennenlernte, kannte keine Eifersucht. Seine Frau würde ihm nicht böse sein, wenn sie das ebenfalls erlebte.

Er fragte Atithi, ob auch seine Frau dieses Erlebnisses teilhaftig werden könne, und Atithi bejahte:

„Ich kann durch einen Kuss deinen Körper mit einer Substanz fluten, die du wiederum durch einen Kuss auf sie übertragen kannst. Diese Substanz enthält Botenstoffe, die in ihrem Gehirn ähnliche Bilder erzeugen werden, wie du sie gesehen hast."

Max stimmte zu, Atithi gab ihm den Kuss und er eilte nach Hause, um seiner Frau von der Sache zu erzählen. Als er auf den Kuss zu sprechen kam und ihr anbot, den selbigen gleich zu praktizieren, kamen ihr Bedenken:

„Wer weiß, was das mit mir macht! Das sind doch außerirdische Substanzen. Warum sollten wir das riskieren?“

Beruhigend sprach Max auf sie ein:

„Ich habe es doch ausgetestet. Es ist harmlos. Dafür bekommst du eins der schönsten Erlebnisse deines Lebens.“

Lisa ließ sich schließlich überzeugen und er küsste sie. Sie keuchte, als die neuen Gedanken in ihr Gehirn eindrangen – aber vor Freude. Auch sie erfuhr die universelle Liebe und umarmte Max inniglich.

Formen der Liebe

Natürlich erzählte Max auch Helmut von dem Erlebnis und der probierte es mit Aglaia ebenfalls aus. Dann trafen sich alle vier mit Atithi im Park. Dabei kam es zu einem neuen Phänomen: Ihre geistigen Auren öffneten sich und vereinigten sich miteinander. Offenbar hatte die Veränderung ihrer Gehirne den Effekt, dass sie telepathische Fähigkeiten entwickelten, keine Gedankenkontrolle, aber eine Art Gemeinschaftserlebnis. Die Siliziumverbindungen, die Atithi in ihre Gehirne eingeschleust hatte, ermöglichten ihnen das offenbar. Sie kommunizierten in völliger Harmonie.

Es geschah ohne jeden Zwang und es gefiel ihnen. Sie teilten es mit wieder anderen. So verbreitete sich die universelle Liebe.

Nicht alle Menschen ließen sich gleich von den Vorteilen dieses neuen Zustandes überzeugen und einbeziehen. Max' Chef zum Beispiel spielte immer noch den großen Zampano. Er war einer jener Zeitgenossen, die durch Lügen und Intrigen aufgestiegen waren, ohne die dafür notwendige Kompetenz zu entwickeln. Hier lag ein klassisches Beispiel des bekannten Peter-Prinzips vor, das besagt, dass jeder Beschäftigte bis zur Stufe seiner Unfähigkeit befördert wird, so dass schlussendlich überall unfähige Mitarbeiter sitzen. So also geschehen in diesem Fall. Um sich keine Blöße zu geben, umgab sich der Chef mit einer Aura der Unnahbarkeit. Keiner sollte seine Fehler bemerken. Dazu hielt er seine Mitarbeiter auf Distanz und schüchterte sie ein, wo er nur konnte. Ein Fall, wie er leider nur zu allzu oft vorkommt. Wie sollte so ein Mensch zur universellen Liebe gebracht werden?

Ganz einfach: Max brachte Atithi mit ins Büro. Die Mitarbeiter waren alle längst auf seiner Wellenlänge und machten mit. Sie versammelten sich lächelnd im Büro des Chefs und sangen:

„Wir lieben dich!"

Zunächst war der Chef sprachlos. Dann drohte er damit, die Polizei zu rufen, wenn Atithi nicht sofort verschwände. Dazu kam es aber nicht, weil seine Sekretärin überraschend sein Gesicht in beide Hände nahm und ihn auf den Mund küsste. Dabei flossen Substanzen auf ihn hinüber, die ihn beeinflussten. Alle fassten sich bei den Händen und summten lächelnd. Und schließlich begann auch der Chef zu lächeln und stimmte in das Summen ein. Er hatte es verstanden und war nun einer von ihnen.

Sie teilten ihre Erlebnisse mit vielen anderen Menschen und mit der Zeit verbreitete sich die universelle Liebe über den ganzen Planeten. Atithi und ihre Töchter waren überall mit dabei und unterstützten die Menschen auf ihrem Weg zur Perfektion. Was zunächst wie ein vereinzelt auftretender Atithi-Kult ausgesehen hatte, verbreitete sich immer mehr, nur eben nicht als die Verehrung einer Göttin, sondern als ein menschlich-kosmisches Gemeinschaftserlebnis.

All die menschlichen Feindseligkeiten
wurden eingestellt und die Menschen lieb-
ten sich gegenseitig. Die Menschen hatten
diesen Weg schon immer unbewusst gewollt. Er war ihnen im Christentum gezeigt
worden und hatte sich weltweit verbreitet,
ohne dass allerdings die schlechten Seiten
des Menschen ganz überwunden hätten
werden können. Mit Atithis Hilfe gelang
das nun endlich.

Die Telepathie half nicht nur bei der
universellen Liebe. Auch die geschlechtli-
che Liebe, die ja eine Eigenheit der
Menschheit war, konnte tiefergehend aus-
gelebt werden. Die Partner verschmolzen
nicht nur körperlich miteinander, sondern
auch geistig. Diese Liebe war ehrlicher und
einfühlsamer als die bisherige.

Max und Lisa verliebten sich auf diese
neue Weise noch einmal ineinander. Jetzt
spürten sie noch deutlicher, wie wichtig sie
einander waren und öffneten sich gegenseitig ihre Herzen.

In dieser Offenheit empfing Max plötzlich Lisas Kinderwunsch und verschloss

sich dem nicht. Ja, sie waren sich einig, dass sie sich Kinder wünschten.

Aber da gab es ein kleines Problem: Hatte Max' Geschlechtsverkehr mit Atithi seine Keimzellen beeinträchtigt? Würde Lisa nun schwarze Maden gebären, wenn sie von ihm schwanger würde?

Im Zuge ihrer gegenseitigen Öffnung hatte Lisa alles über Max' Abenteuer erfahren. In ihrem neuen Geisteszustand hatte sie ihre Eifersucht überwinden können. Sie trug ihm nichts nach. Aber wie stand es mit Max' Zeugungsfähigkeit?

Max beruhigte sie:

„Atithi würde uns nie schaden. Ich vertraue ihr, weil ich in ihr Innerstes geblickt habe. Wenn das Erbgut unseres Kindes geändert werden sollte, dann zum Vorteil des Kindes."

Lisa erwiderte:

„Dann ist es aber nicht nur unser Kind, sondern auch ihres. Ich bin mir nicht sicher, ob ich das will. Andererseits teile ich dein Vertrauen in Atithis guten Willen. Trotzdem ist mir der Gedanke unheimlich, dass fremde Einflüsse das Erbgut unseres Kindes beeinflussen könnten."

Einen Augenblick dachte Max nach. Dann stellte er die entscheidende Frage:

„Willst du dann lieber doch keine Kinder haben?"

Ihre Antwort brachte die Entscheidung:

„Doch, ich denke wir sollten es riskieren und uns der ungewissen Zukunft stellen."

Neun Monate später kam ihr Sohn Olaf zur Welt, ein gesunder Junge. Er erwies sich als durch und durch menschlich. Nur dass er über telepathische Fähigkeiten zu verfügen schien, konnte als ungewöhnlich bezeichnet werden, wenn es sich auch als praktisch erwies: Schon bevor er sprechen konnte, spürten seine Eltern, wenn er etwas wollte, und konnten ihn durch ihre liebevollen Gedanken beruhigen, bevor er schreien musste. Das erleichterte vieles.

Mit den Jahren entwickelte sich Olaf zu einem netten jungen Mann, der mit allen gut zurechtkam. Er verliebte sich in eine junge Frau, Evelyn, mit der er sich wortlos verstand. Auch ihr Vater hatte einst Verkehr mit Atithi gehabt. Menschen wie sie gab es viele und es wurden immer mehr.

Viele weitere Jahre vergingen. Max und Lisa bekamen Enkel geschenkt und standen glücklich am Ende ihres Lebens. Nur das Abenteuer des Sterbens wartete noch auf sie. Einige Krankheiten hatten sie schon mit Atithis Hilfe weitgehend zurückdrängen können, mit der Folge, dass sich nun die Ermüdungserscheinungen ihrer Körper aufgestaut hatten. Sie litten unter Beschwerden, die das Leben mühselig machten und bald zur Qual werden lassen würden. Die menschliche Lebensdauer lässt sich nun einmal nicht beliebig verlängern. Als tröstlich empfanden sie es, dass dieser Vorgang sie beide mehr oder weniger gleichzeitig betraf und sie sich gegenseitig dabei begleiten konnten. Es ließ sich nicht leugnen, dass der Tod der nächste Schritt sein würde und sie hatten sich darauf eingestellt.

Vor dem Tod hatten sie weniger Angst als vor dem Sterben. Sie hatten ein Leben lang Zeit gehabt, sich an den Gedanken zu gewöhnen, dass ihnen der Tod unausweichlich bevorstand. Aber der Übergang vom Leben zum Tod, das Sterben, könnte noch einmal unangenehm werden.

Atithi versprach Hilfe. Sie würde sie beide zusammen hinüberführen in jene Sphäre, in der ihre Seelen Raum und Zeit hinter sich lassen würden. Das Ehepaar wollte sich auf diesen Vorschlag einlassen, versammelte, als sie empfanden, dass es an der Zeit war, die Familie um sich und legten sich gemeinsam zur Ruhe.

Als sie so ruhig nebeneinanderlagen, verabschiedeten sie sich von den Umstehenden. Schließlich gaben sie sich die Hände, sahen sie sich gegenseitig in die Augen und Max sagte zu Lisa:

„Ich bin bei dir und ich bleibe bei dir.“

Lisa antwortete:

„Und ich bleibe bei dir. Für immer.“

Sie küssten sich ein letztes Mal, dann nickten sie Atithi zu. Atithi stellte sich ans

Kopfende des Bettes und legte ihnen beiden gleichzeitig ihre Fingerspitzen an je eine Schläfe und verharrte so mit geschlossenen Augen, ohne zu sprechen. Die beiden fühlten eine tiefe Ruhe sie durchströmen, schlossen ebenfalls die Augen und schliefen friedlich gemeinsam ein. Tatsächlich war das dann schon alles gewesen: Sie hatten den Schritt vom Leben in den Tod getan.

Die Hinterbliebenen hatten gespürt, dass der Abschied harmonisch war. Sie blieben noch eine Weile still beisammensitzen. Dann fragte Olaf Atithi, wo die Seelen der Dahingeschiedenen nun seien. Atithi reichte den im Raum stehenden Angehörigen die Arme. Sie bildeten einen Kreis und öffneten sich dem Universum. Max und Luise, die Teil eines Hyper-Universums waren, konnten ihnen auf diese Weise Trost und Beruhigung spenden, nicht in Worten, aber in Gefühlen. Alle waren glücklich.

Die Welt wurde eine Welt der Gefühle. Es ging um positive Gefühle, hauptsächlich um Liebe. Wer hätte davon zu träumen gewagt? Die Menschheit fand zu ihren Idealen zurück: Sie hatte sich verbessert.

Atithi blieb bei den Menschen. Sie erneuerte sich immer wieder und begleitete die Menschheit auf dem Weg in die Zukunft. Es gab keine Streitigkeiten mehr. Statt Vergeltung zu üben, versuchte man sich in liebevoller Vergebung. Im Großen wie im Kleinen. Kriege gehörten der Vergangenheit an, so dass die Armeen abgeschafft wurden. Die Rüstungsindustrie verschwand. Keiner brauchte mehr Waffen und es gab bald keine mehr. Eine paradiesische, eine christliche Welt. Eine Welt der Liebe. Es hätte besser nicht sein können.

Zu diesem Zeitpunkt griffen die Invasionstruppen der Außerirdischen an. Natürlich waren sie technisch dazu in der Lage. Sonst hätten sie die Entfernung zur Erde nicht zurücklegen können. Auch waren sie nicht so friedlich, wie Atithi den Menschen vorgegaukelt hatte.

Das ganze Engagement Atithis diente nur der Vorbereitung der Invasion, indem die Verteidigungsbereitschaft der Menschheit geschwächt wurde. Aber nicht nur das. Vor allem wurde die Menschheit psychisch auf ihren Untergang vorbereitet. Ein Akt der Gnade. Ähnlich ist es ja mit der Religion: Sie soll den Menschen die Angst vor dem Tod nehmen.

So trafen die Außerirdischen auf keine nennenswerte Gegenwehr. Die meisten Menschen begegneten den Angriffen mit liebevoller Vergebung und wehrten sich nicht. Das war der richtige Weg. Die Außerirdischen gewährten ihnen einen angenehmen Tod.

Zu diesen Menschen gehörten auch Olaf und Evelyn, die sich in das Unvermeidliche fügten. Atithi begleitete sie genauso wie seinerzeit Max und Lisa in den Tod. Der einzige Unterschied bestand darin, dass das Unvermeidliche bei Max und Lisa in den Beschränkungen der menschlichen Biologie begründet war, bei Olaf und Evelyn in dem Bedürfnis der Außerirdischen nach neuem Lebensraum.

Was macht es für einen Unterschied, welches die Gründe für den Tod sind, wenn der Tod nur angenehm ist? Irgendwann ereilt er uns sowieso. Man könnte es als einen Kobayashi-Maru-Test ansehen. In diesem Test geht es darum, die Charakterstärke in einer No-win-Situation zu testen. Olaf und Evelyn machten das Beste aus der Situation unter den gegebenen Umständen. Sie bestanden den Test. Die meisten Menschen taten das.

Wo indes Gewalt erforderlich war, wurde sie von den Außerirdischen ohne Zögern eingesetzt. Ihre Waffen hatten sie ganz auf die Eigenheiten der Menschen eingestellt und sie erwiesen sich als sehr effektiv. Die Außerirdischen eroberten den Planeten mühelos.

Die Menschheit wurde zwar ausgerottet, aber sie hatte vorher die glücklichste Zeit ihrer Geschichte erlebt. Sie hätte es schlimmer treffen können. Die Außerirdischen hatten größtenteils auf brutale Gewalt verzichtet und der Menschheit durch geistige Vorbereitung ihren Untergang leicht gemacht.

Teil 2:
Atithis Welt
Die letzte Hoffnung der Mensch-
heit

Der Flug

Es ist wie bei Asterix: Auch nach der vollständigen Vernichtung der Menschheit gab es noch ein kleines Häuflein unbeugsamer Menschen.

Was war passiert? Die Menschheit war von Außerirdischen ausgerottet worden. Die Außerirdischen hatten zuvor Kontakt mit der Menschheit aufgenommen, indem sie eine Alien-Frau namens Atithi vorgeschickt hatten. Diese Alien-Frau war von den Außerirdischen als ideale Menschenfrau gestaltet worden und lief nackt herum. So hatte sie keine Probleme, mit zahlreichen menschlichen Männern außerirdischen Nachwuchs zu zeugen. Ihre Nachkommen hatten sich dabei über die ganze Welt verbreitet. Ferner hatte Atithi die Menschheit mental auf ihr Ende vorbereitet, indem sie Frieden und Harmonie verbreitete. Vor allem sprach sie von der universellen Liebe. Auf diese Weise wurden

die Waffen der Menschen überflüssig und
mit der Zeit verschrottet. Das war Atithis
Aufgabe gewesen und sie hatte sie effektiv
erfüllt.

Danach ging alles sehr schnell. Die Menschen hatten ihre eigene Vernichtung nicht
kommen sehen und konnten sie nicht aufhalten. Die Erde war erobert worden. Es
gab nur einen Mann, der einen Ausweg
fand. Er hieß Martin Moorung und arbeitete seinerzeit bei der NASA.

Martin galt als Einzelgänger. Schon als
Kind kürzte er Erklärungsversuche seiner
Eltern ab, indem er lallte: „… will alleine
…“, was bedeutete, dass er seine Erfahrun-
gen selbst machen wollte. So entwickelte er
eine ausgeprägte Selbstständigkeit.

Das hatte ihn nicht daran gehindert, be-
ruflich aufzusteigen. Im Gegenteil, er löste
alle Probleme im Alleingang und wurde
immer gern gefragt, wenn es schwierig
wurde. Am Ende bekleidete er den Posten
eines Abteilungsleiters bei der NASA. Seine Abteilung beschäftigte sich mit der
Entwicklung von Mehrgenerationenraum-
schiffen. Nicht zuletzt durch Martins zu-

rückhaltenden Charakter gelang es, die Forschungen streng geheim zu halten. Die Aliens konnten, als sie die Menschheit unterwanderten, nichts davon mitbekommen. Parallel zu den Arbeiten an den Raumschiffen waren auch einige Teams von möglichen Besatzungen ausgebildet worden. Das alles war geschehen, bevor die Aliens aggressiv wurden.

Als die Aliens schließlich die Erde eroberten, hatten die Menschen einen Prototypen solch eines Raumschiffs startklar machen und besetzen können. Es war im Orbit konstruiert worden und befand sich daher in Startbereitschaft. Es brauchte nur noch loszufliegen. Martin selbst und seine Frau gehörten nicht zur Crew, aber ihr Sohn, der seinen Platz im Raumschiff eingenommen hatte, als es startete.

Martin und seine Frau fanden ihren Tod wie alle anderen Menschen. Sie gehörten zu denen, die sich dem offenen Kampf stellten, ohne eine Chance zu haben. Aber je mehr die Aliens mit den Kämpfern der Erde beschäftigt waren, desto unwahrscheinlicher wurde es, dass sie das Raumschiff entdeckten.

Das riesige Raumschiff sollte so viel Menschen wie möglich evakuieren. Diese Arche der Menschheit sollte sich auf den Weg zu Atithis Heimatplaneten, Proxima Centauri b, machen. Jener Exoplanet stellte den einzigen von der Menschheit in absehbarer Zeit erreichbaren bewohnbaren Planeten dar. Die Flucht dorthin konnte als die letzte Hoffnung der Menschheit angesehen werden.

Hatte es überhaupt Sinn, den Planeten anzusteuern, von dem die Vernichter der Menschheit stammten? Bedeutete das nicht vielmehr den sicheren Untergang? Man handelte nach dem Motto: Fortes fortuna adiuvat. Das Glück ist den Tapferen hold. Man hatte darauf gesetzt, in den hundert Jahren der Reise ein Konzept zum Umgang mit den Aliens entwickeln zu können, sei es nun kriegerischer oder friedlicher Art.

Der Antrieb des Raumschiffs sollte während des Fluges von den an Bord befindlichen Wissenschaftlern verbessert werden. Damals beim Start ließ sich bereits absehen, dass auf diese Weise nach hundert Jahren der Zielplanet erreicht werden könnte. Mit Hilfe eines Fusionsantriebes war man der Sache näher gekommen. Die künstliche Schwerkraft an Bord wurde durch die Beschleunigung erzeugt. Umgekehrt drehte man das Raumschiff bei der Abbremsung um und erzeugte dadurch auch wieder Schwerkraft.

Die hundert Jahre waren nun tatsächlich vergangen und man näherte sich dem Ziel. Wie zu erwarten waren sie vom Frühwarnsystem des feindlichen Planeten bereits entdeckt worden. Eine erste Kontaktaufnahme war erfolgt.

Die Ankunft

Die Zentauren, wie die Bewohner von Proxima Centauri b von den Menschen genannt wurden, hatten die Ankömmlinge der Erde zugeordnet und sich in Verteidigungsbereitschaft versetzt. Sie schickten ein Unterhändlerschiff zum Raumschiff der Menschen. An Bord befand sich eine Manifestation von Atithi. Sie war ein neues Exemplar. Atithi gab es ja bei der Eroberung der Erde unzählige Male. Jede ihrer Manifestationen besaß eine eigene Psyche, die jedoch mit den anderen vernetzt war. So konnte auch jetzt wieder eine Kopie geschaffen werden, die eine absolut vollwertige Person mit allen Erinnerungen Atithis darstellte.

Die Menschen ließen sie an Bord. Es gab also eine neue Begegnung der Menschheit mit der nackten Alien-Frau. Arthur, der Kapitän des Raumschiffs, sprach mit ihr. Unvorbereitet war er nicht. Die Menschen hatten die Siliziumverbindungen analysiert, die Atithi beim Küssen übertrug und die ihre Opfer für die telepathische Beeinflussung öffnete. In den hundert Jahren des Fluges hatten sie ein Gegenmittel entwickelt, das es ihnen erlaubte, ihrerseits Einfluss auf Atithis Geist zu nehmen.

Wie sie es vor hundert Jahren oft praktiziert hatte, ging die nackte Alien-Frau auf den Kapitän zu und küsste ihn.

Die Mannschaft, die daneben stand, beobachtete die Szene und tuschelte. Tom, ein Ingenieur meinte zu Marvin, einem nebenstehenden Wissenschaftler:

„Wow, mit der würde ich gern mal eine Nummer schieben."

So etwas! Hatte der Kerl die Schauerschichten darüber vergessen, wie schmerzhaft der Sex mit Atithi gewesen sein sollte? Marvin runzelte spöttisch seine Stirn und entgegnete:

„Typisch einer vom Unterdeck!"

Das galt in Marvins Augen als Zurechtweisung. Der Zurechtgewiesene warf ihm einen belustigten Blick zu und antwortete:

„Ach ja, ihr vom Oberdeck haltet ja nichts von Sex.“

Marvin entgegnete:

„Jedenfalls mögen wir keinen Sex mit Schmerzen.“

So ging es weiter. Die Bewohner des Oberdecks sahen gern mit Verachtung auf die Bewohner des Unterdecks hinab und hielten diese für geistig minderbemittelt. Das war natürlich völliger Quatsch, aber das Vorurteil hatte sich im Verlauf des vergangenen Jahrhunderts so entwickelt. Manche Dinge ändern sich eben nie: Solange es Menschen gibt, werden die einen auf die anderen herabsehen und werden dafür von jenen anderen für hochnäsig gehalten werden. So schlimm war es bei Marvin und Tom jedoch nicht. Sie konnten sich eigentlich ganz gut leiden, betrachteten sich unausgesprochen sogar als so etwas wie Freunde, frotzelten sich nur ab und zu ein bisschen wegen ihrer unterschiedlichen Herkunft.

Arthur ließ es geschehen, dass Atithi ihn küsste, natürlich nur, um zu sehen, ob das Gegenmittel funktionierte. Seine Frau Milva wusste zwar, das der Kuss nichts zu bedeuten hatte, konnte jedoch ihre Eifersucht nicht beherrschen:

„Küssen Sie gefälligst nicht meinen Mann!", schimpfte sie.

Arthur beruhigte sie:

„Das ist nun einmal das Zeremoniell der Kontaktaufnahme zwischen unseren Spezies. Es dient der Vorbereitung der Telepathie. Du wirst sehen: Es funktioniert."

In der Tat funktionierte es. Arthur konnte Atithi und den mit ihr vernetzten Zentauren per Gedanken mitteilen, dass sie Zuflucht auf ihrem Planeten suchen wollten. Umgekehrt konnte jedoch Atithi auch in seinen Gedanken lesen, dass der Plan der Menschen darin bestand, bei Annäherung an den Planeten in die Landungsmodule umzusteigen und das Raumschiff als Wasserstoffbombe auf den Planeten krachen zu lassen. Dann, wenn die Bevölkerung des Planeten vernichtet wäre, würden die Menschen landen und ihn in Besitz nehmen.

Atithi versuchte, empathische Regungen in Arthur zu entfachen: Wolle er wirklich einen millionenfachen Mord begehen?

Arthur konterte, dass die Zentauren ja auch die Menschheit vernichtet hätten.

Nunmehr ließen sie die Telepathie sein und sprachen offen miteinander. Es schien, als einigten sie sich, dass die Menschen ein Reservat auf dem Planeten zur Verfügung gestellt bekommen würden, wenn sie sich friedlich verhalten würden. Allerdings läge die Kontrolle über das Reservat bei den Zentauren.

Milva wandte ein:

„Dann leben wir Menschen ja wie in einem Zoo! Womöglich studieren sie uns auch noch!"

Atithi entgegnete:

„Das brauchen wir nicht mehr zu tun. Das haben wir schon vor der Invasion der Erde getan. Und was wir daraus über euch gelernt haben, bestätigt nur, dass für euch

die Unterbringung in einem Zoo das Beste
wäre. Ihr würdet euch sonst früher oder
später selbst vernichten und euren Planeten gleich mit."

„Zunächst einmal werden wir euch vernichten", fauchte Milva.

„Da erwartet nicht zu viel. Wir können
euer Rauschiff rechtzeitig abschießen", pa-
rierte Atithi lächelnd.

„Wir haben in der Zwischenzeit Ener-
gieschilde entwickelt", beharrte Milva.

„Sie werden unseren Waffen nicht
standhalten", konterte Atithi.

So stritten sich die beiden Frauen. Es
hörte sich fast an, als wäre Milva ein wenig
eifersüchtig auf Atithi. Man kann es verstehen. Atithis Nacktheit musste auf Milva
provozierend wirken.

Da hatte Arthur eine weitere Idee, um
Atithi auf seine Linie zu bringen. Er wusste, dass die Zentauren stark auf Musik zur
Beeinflussung der Psyche setzten. Damals,
bei ihrem Besuch auf der Erde, hatten die

von ihr beeinflussten Menschen gemeinsam gesungen. Daraus schloss er, dass auch die Zentauren selbst womöglich durch Musik zu beeinflussen wären. Er bat Milva;

„Sing doch bitte etwas für uns!"

Milva, die in Gesang ausgebildet war, ließ sich nicht lang bitten und intonierte ein paar Zeilen aus Wagners Tristan und Isolde:

„Von der Heimat scheidend
Kalt und stumm,
bleich und schweigend
auf der Fahrt;
ohne Nahrung, ohne Schlaf;
starr und elend,
wild verstört:
Wie ertrug ich, so dich sehend,
nichts dir mehr zu sein,
fremd vor dir zu stehn?"

Während der Gesang den Raum erfüllte, schien Atithi in Trance zu verfallen. Ihre Gesichtszüge – eben noch verhärtet – erweichten sich und lächelnd sprach sie:

„Es gibt noch eine andere Möglichkeit. Wir haben in der Zwischenzeit viele Ebenen unseres Multiversums erkundet. Darunter gibt es einige Paralleluniversen, in denen unsere Evolution scheiterte. In diesen Paralleluniversen könntet ihr unseren Planeten unbewohnt vorfinden und besiedeln."

„Das wäre eine Lösung", stimmte Arthur zu.

Sie wollten die gesamte Mannschaft des Raumschiffes darüber beraten lassen. Das würde seine Zeit dauern. Im Lauf der hundert Jahre hatten die Menschen gelernt, sich Zeit für ihre Entscheidungen zu nehmen.

Zunächst einmal gab es eine Mahlzeit. Das Essen an Bord hatte sich im Lauf der Zeit aus der Astronautennahrung des 20. und 21. Jahrhunderts entwickelt: ein unansehnlicher Brei, der trotzdem einen gewissen Geschmack bot. Gegessen wurde von Tellern mit Löffeln, wozu man sich in großen Gruppen versammelte. Es sollte ein Gemeinschaftserlebnis sein.

Marvin und Tom saßen sich diesmal gegenüber. Tom schnüffelte mit der Nase dicht über dem Brei und meinte:

„Das riecht heute aber merkwürdig. Riech doch auch mal!“

Marvin hielt sein Gesicht dicht über den Teller, um daran zu riechen. In diesem Augenblick drückte Tom Marvins Kopf nach unten und tunkte ihn in die Pampe.

„Iiih, was soll das?“, schrie Marvin erschrocken.

„Tut mir leid“, grinste Tom. „Wir vom Unterdeck haben so gar keine Manieren. Trotzdem sauen wir uns nicht so ein wie du jetzt gerade.“

Es hätte nicht viel gefehlt, dass Marvin handgreiflich geworden wäre, aber er konnte einen Spaß wegstecken.

„Na warte, das bekommst du zurück“, drohte er nur.

Natürlich sprachen sie auch über den Sprung zwischen den Universen. Die allgemeine Meinung dazu ging in die Richtung, dass man es probieren sollte.

Der Sprung in ein anderes Universum, also auf eine andere Ebene des Multiversums, konnte von den Menschen nicht bewältigt werden, aber die Zentauren hatten Erfahrung damit und halfen ihnen. Atithi würde sie begleiten und sie beraten, wenn unvorhergesehene Ereignisse auftreten sollten.

Der Sprung gelang. Nun fanden sie also einen bewohnbaren Planeten ohne Bewohner vor und landeten. Es ließ sich vielversprechend an. Die Luft ließ sich gut atmen, Wasser war reichlich vorhanden, der Boden schien vielerorts fruchtbar, Vegetation und Tiere gab es in Hülle und Fülle. Ideal zur Besiedlung. Warum hatte sich kein intelligentes Leben entwickelt?

Auf ihren Erkundungsausflügen hatten die Menschen dann doch Spuren ehemaliger Zivilisationen gefunden, die aus irgendeinem Grund ausgestorben waren.

Arthur hatte eine Theorie, die er dem Planungsstab der Crew mitteilte:

„Was, wenn der Planet sich von intelligentem Leben bedroht gefühlt und es bekämpft hatte? Es könnte eine spontane Reaktion gewesen sein, die nicht ganz unbegründet gewesen wäre, wie wir von der Erde wissen."

Milva wandte ein:

„Aber wir sind bisher keiner Feindseligkeit begegnet."

Einer der Wissenschaftler, Karl, erklärte:

„Das würde dauern. Es müsste sich erst eine Wechselwirkung herausbilden, durch die der Planet gegebenenfalls unsere Feindseligkeit erkennen und andererseits unsere Verletzbarkeit analysieren kann. Wir sprechen hier von Jahrhunderten, wenn nicht Jahrtausenden."

Eine andere Wissenschaftlerin, Judith, gab zu bedenken:

„Das beträfe unsere Nachkommen. Wir müssen auf jeden Fall darauf achten, den Planeten zu schützen."

Arthur schlug vor:

„Vielleicht sollten wir Atithi einbinden. Ihre Zivilisation hat schon vor langer Zeit Kontakt mit dem Universum aufgenommen. Wenn sie uns helfen würde, könnten wir Kontakt zum Planeten aufnehmen."

Sie fragten Atithi und diese willigte ein. Für sie stellte es kein Problem dar, Kontakt zum Planeten aufzunehmen.

Atithi war bisher an Bord des Raumschiffes geblieben. Nun stieg sie aus und betrat den Planeten. Als erstes legte sie sich platt auf den Boden, alle Viere von sich gestreckt, Gesicht nach unten. Man kennt das vom früheren Papst Johannes Paul II. So blieb Atithi liegen. Nach einer Weile begann der Boden zu vibrieren und Atithi geriet in sanfte Schwingungen.

Vorsichtig näherte sich die restliche Besatzung und umringte Atithi weiträumig. Die Menschen wurden von Atithi mit einbezogen und spürten auch die Schwingungen. Der Kontakt mit dem Planeten war hergestellt.

Marvin polterte los:

„Das ist doch nur Hokuspokus! Lasst uns lieber sehen was hier zu holen ist!"

Damit zog er los, den Planeten zu erkunden. Ungefähr die Hälfte der Mannschaft folgte ihm.

Das ist nicht direkt mit einer Meuterei vergleichbar. Die Wichtigkeit von Hierarchien hatte sich in den hundert Jahren der Reise zurückgebildet. Man formte Gruppen und diskutierte offene Fragen aus. Praktisch nie wurde etwas von oben nach unten entschieden. So ließen die Zurückbleibenden die Scheidenden ohne Groll ziehen.

Die andere Hälfte blieb bei Arthur und versuchte, zunächst den Planeten günstig zu stimmen. Sie suchten ein Gebiet, in dem ihre Siedlung nicht stören würde und versuchten, von dem zu leben, was der Planet an Früchten bot.

Der andere Trupp um Marvin dagegen fackelte ganze Wälder ab, um Platz für seine Siedlungen und Ackerbau zu gewinnen. Sie sprengten Straßen in die Berge und griffen auf die veraltete, aber bequeme Energieversorgung durch fossile Brennstoffe zurück. Die Abgase bliesen sie in die Atmosphäre. Insgesamt wirkten sie destruktiv auf ihre Umgebung, achteten nur auf ihren kurzfristigen Vorteil.

Die Bodenschätze wurden ausgebeutet. Es gab sogar Edelmetalle und Diamanten. Hier hatten die Menschen noch Glück, vom Fluch des Goldes verschont zu bleiben. An Bord des Raumschiffes gab es so etwas wie die Anhäufung von Reichtümern nicht. Das Besitzstreben war ausgestorben. Die Edelmetalle wurden nur in Bezug auf ihre Nützlichkeit bewertet, feinmechanische Teile herzustellen, die Diamanten wurden wegen ihrer Härte eingesetzt. Obwohl es sich nicht um eine Gier nach diesen Rohstoffen handelte, wurde doch der Boden nach ihnen durchwühlt.

Aber siehe da: Der Planet wehrte sich dagegen. Ein Erdbeben zerstörte das Kraftwerk der Menschen. Die Tiere, die diese rücksichtslosen Menschen zu domestizieren versuchten, brüteten Viren aus, die auf die Menschen übersprangen. Weitere Erdbeben, Vulkanausbrüche, Überflutungen und Stürme verwüsteten die Siedlungen der unerwünschten Eindringlinge.

Diese Schwierigkeiten hatte die Gruppe um Arthur nicht. Sie verehrten den Planeten, führten sogar eine Art Kult für ihn ein. Nicht, dass sie ihn angebetet hätten, aber sie veranstalteten kleine Feiern zu seinen Ehren. Im Gegensatz zu Marvins Gruppe blieben sie von Naturkatastrophen verschont. Da die beiden Gruppen Kontakt miteinander hielten, tauschten sie sich auch über die Missgeschicke des einen Teils der Menschen aus. Arthur gab zu bedenken, dass auch Marvins Gruppe mehr Rücksicht auf den Planeten nehmen müsse. Marvin sah das zunächst nicht ein. Es änderte sich erst, als Arthur Atithi bat, Einfluss auf Marvin und seine Gruppe zu nehmen. Sie tat es.

Man arrangierte ein Treffen. Atithi trat sie an die Umstehenden heran und küsste sie, als erstes Marvin und Tom.

Alle diese Leute waren gegen die Wirkung eines solchen Kusses geimpft worden. So wurden sie nicht willenlose Opfer einer Beeinflussung, sondern Partner in einem wortlosen Gedankenaustausch. Sie sahen nun durch Atithi die Macht des Planeten, erkannten, dass ihre Gruppe keine Chance hatte, wenn sie weiter Raubbau am Planeten betrieb. Am Beispiel Arthurs und seiner Leute konnten sie lernen, wie man in Frieden mit dem Planeten leben konnte. So machten sie alle gemeinsam mit dem Konzept der universellen Liebe Bekanntschaft, das Atithi vor langer Zeit den Menschen schon einmal geschenkt hatte.

Sie waren jetzt alle auf gleicher Wellenlänge mit dem Planeten. Atithi legte sich wieder auf den Boden und sie begannen alle gleichzeitig zu schwingen. Das besiegelte es. Sie würden ab jetzt den Planeten verehren.

Atithi und Tom

Wie sich zeigte, hatte Atithis Kuss bei Tom noch mehr ausgelöst als ein Verständnis für den Planeten. Er war immer noch von ihrer Erscheinung bezaubert und hatte sich durch das Eintauchen in ihren Geist restlos verliebt. Die von ihr propagierte universelle Liebe beeindruckte ihn, auch wenn sie sich seinerzeit auf der Erde als nicht wirklich aufrichtig herausgestellt hatte. Aber das war damals eine andere Situation als jetzt.

Eine so schöne Frau durfte doch nicht tabu sein! Er wollte sie enträtseln. Irgendeinen Weg musste es doch geben, ihre Geheimnisse zu ergründen! Er musste seine Chance abwarten.

Beim Kapitänsdinner, das sie in regelmäßigen Abständen durchführten und als Tanzveranstaltung ausgebaut hatten, bot sich die langerwartete Gelegenheit. Tom forderte Atithi zum Tanz auf, führte sie nach dem Tanz ein wenig beiseite und fragte:

„Kannst du eigentlich nur universell oder auch individuell lieben?"

Er bekam zur Antwort:

„Im Grunde sind wir nicht für die individuelle Liebe geschaffen. Es gibt mich vielfach. Normalerweise bin ich mit meinesgleichen und unserer Gesellschaft vernetzt. Wir handeln kollektiv, lieben das Universum, individuelle Interessen gibt es nicht. Ich bin jedoch mit euch in ein anderes Universum gewechselt und daher nicht mehr mit meinem Kollektiv verbunden. Somit werde ich wohl individuelle Züge entwickeln müssen. Ob die Liebe dazu gehört, weiß ich noch nicht."

Damit hatte Tom einiges erfahren, was ihm Mut machte. Er schoss nach:

„Könntest du dir vorstellen, mich zu lieben?"

Atithi lächelte:

„Du bist im Grunde ein guter Mensch. Wie alle deiner Art machst du Fehler, bist aber bereit, dich zu korrigieren. Ich habe mich so lange mit euch beschäftigt, dass ich mich in eure Gefühle hineinversetzen kann. Der Mechanismus der Liebe, wie ihr sie kennt, wird durch biologische Vorgänge in Gang gesetzt, über die ich nicht verfüge. Die Liebe geht jedoch mit der Zeit in eine enge Verbundenheit über, die ich nachvollziehen kann. Der Begriff der zuverlässigen Partnerschaft ist mir nicht fremd. Wir Zentauren sind uns alle partnerschaftlich verbunden. Eine Eins-zu-eins-Beziehung zu einem Menschen wäre für mich etwas völlig Neues, aber es könnte interessant werden. Ja, ich könnte mir vorstellen, solch eine Beziehung zu dir herzustellen.“

Tom schwebte auf Wolke sieben und wollte seine Vermutung absichern:

„Ich würde mich freuen, wenn wir das wagen würden. Ich wäre bereit, alles zu tun, was dafür notwendig ist. Was meinst du?“

„Zunächst sollten wir uns erst einmal einander näherkommen“, antwortete Atithi und küsste ihn. Wieder durchflossen ihn ihre Gedanken, aber persönlicher als beim ersten Mal. Noch hatte er seinen Schutzpanzer nicht abgelegt, der seine Gedanken vor ihr abschirmte. Ihr Geist lockte ihn, sich zu öffnen und er tat es genussvoll. Kaum hatte er das getan, vereinigten sich ihre beiden Persönlichkeiten zu einem gemeinsamen Empfinden. Sie ließen sich beide geistig fallen und fingen sich beide auf. Ein totales gegenseitiges Vertrauen erfüllte sie. Eine merkwürdig abstrakte Zärtlichkeit kam hinzu, das bittersüße Gefühl, sich gegenseitig erkunden zu wollen und das nie abschließen zu können.

Ihn faszinierte ihre Sicht auf das Universum. Noch nie hatte er sich derartige Einblicke auch nur vorstellen können. Sie andererseits lernte zu verstehen, was es mit der Individualität auf sich hatte, wie ein Mensch es mit sich selbst allein aushalten konnte.

Sie merkten, dass sie sehr lange brauchen würden, sich genauer kennenzulernen, und sie hofften, diese Zeit miteinander zu haben.

Langsam lösten sie sich wieder aus ihrem Kuss und sahen sich in die Augen. Tatsächlich sahen sie so etwas wie Liebe in ihren Augen glühen. Tom konnte es kaum glauben. Glücklich stieß er hervor:

„Ich liebe dich!"

Vorsichtig entgegnete Atithi:

„Ich glaube, auch ich empfinde etwas Ähnliches für dich."

„Können wir uns jetzt als Paar bezeichnen?", wollte Tom es genauer wissen.

Atithi meinte:

„Das ist eine Definitionsfrage. Im Allgemeinen wird dieser Zustand bei den Menschen mit dem regelmäßigen Vollzug des Koitus verbunden. Wie du weißt, wäre das für dich im Augenblick sehr schmerzhaft und die Folgen wären auch nicht erwünscht. Ich würde mich vervielfältigen.

Es gibt aber die Möglichkeit einer körperlichen Operation, die die entsprechenden Organe meiner spezifischen Fortpflanzung beseitigt. Dann hätte ich noch die äußeren Geschlechtsorgane, ohne mich fortpflanzen zu können und wir könnten als Mann und Frau zusammen sein."

Darauf wollte Tom wissen:

„Das wäre himmlisch mit einem Wermutstropfen. Ich nehme mal an, dass wir demnach auch keine Kinder bekommen könnten."

„Nein, jedenfalls nicht auf konventionelle Weise. Ich bin ja nur eine Simulation eines Menschen. Immerhin ist mein Körper in weiten Teilen DNA-basiert. Deine und meine DNA haben wir also. Aber ich verfüge über keine Eizellen. Es war nicht vorgesehen, dass ich sie brauchen würde. Wir könnten höchstens fremde Eizellen mit unserem Erbgut klonen."

Tom gab sich zufrieden:

„Das ist besser als nichts. Der Entstehungsprozess spielt doch keine Rolle. Es wären unsere Kinder. Mit ein bisschen gutem Willen wären wir eine richtige Familie."

So sah der Plan aus. Sie setzten ihn in die Tat um. Die Operation verlief problemlos, obwohl sie alles andere als standardmäßig war.

Da Tom und Atithi nunmehr fest zusammen waren, meinte Marvin:

„Gratuliere! Die größten Esel bekommen doch immer die schönsten Frauen."

Tom konterte:

„Das kann so nicht ganz stimmen. Dann müsstest du ja eine noch schönere Frau bekommen als ich, was unmöglich ist."

Marvin gab sich nicht geschlagen und erwiderte:

„Doch, das könnte schon in Erfüllung gehen, wenn ich nur endlich an Vanessa herankäme."

Mervin himmelte Vanessa schon lange an, obwohl sie vom Unterdeck war. Das Problem war lediglich, dass er sich nicht traute, ihr seine Liebe zu gestehen. Da konnte Abhilfe geschaffen werden.

Tom und Atithi luden Marvin und Vanessa zum Essen ein. Zur Begrüßung küsste Atithi Marvin und Vanessa auf den Mund. Die waren zwar überrascht, wussten aber, dass Atithi derartiges dauernd tat. Jetzt eröffneten sie alle Viere einander ihre Gedanken per Telepathie. Es gab keine Geheimnisse mehr. Vanessa erfuhr, dass Marvin sie ehrlich liebte und Marvin spürte, dass Vanessa seine Gefühle erwiderte. So kamen auch diese beiden zusammen.

Alles war gut, oder? Konnte Tom sich wirklich auf Atithi verlassen? Für ihn hatte ihre Bindung auch etwas Sexuelles. Ihre sexuelle Anziehungskraft hatte vom ersten Moment auf ihn gewirkt. Dann kam ihre aufrichtige Gedankenwelt hinzu, die dazu führte, dass er unendliches Vertrauen zu ihr hatte. Dass diese Wesen trotzdem feindlich sein konnten, hatten sie vor hundert Jahren gezeigt. Nun allerdings hatte Atithi die Bindung an ihre Artgenossen verloren und war frei, sich neu zu binden. Warum nicht an Tom. Das hieße, sich den Menschen anzupassen, deren Schicksal zu teilen sie sich ja entschlossen hatte.

Ja, sie hatte die feste Absicht, Tom eine treue Partnerin zu sein. Sexuell klappte inzwischen auch alles zu Toms völliger Zufriedenheit. Einen Sohn und eine Tochter hatten sie durch Klonen und Genoptimierung bekommen und bildeten jetzt eine (fast) normale Familie.

Die Rückkehr

In diesem Universum hatten sich die Zentauren nicht entwickeln können. Folglich hatten sie auch die Erde nicht erobern können. Das bedeutete aber: Wenn sie dorthin zurückkehren würden, sollten sie die Erde ohne Zentauren vorfinden. Allerdings wäre auch die Geschichte der Erde eine andere. Selbst wenn die Geschichte bis zur Invasion der Zentauren gleich wäre: Es gäbe kein Wissen über den Exodus der Menschen. Sie würden wahrscheinlich zuerst für Außerirdische gehalten werden. Natürlich würden sie alles erklären können.

Ihr Raumschiff war noch intakt und sie befragten alle Siedler, wer von ihnen zur Erde zurückkehren wollte. Die Entscheidung gestaltete sich gar nicht so einfach. Hier hatte sich alles soweit eingespielt, es lockte ein problemloses Leben. Von der Erde in diesem Universum umgekehrt wussten sie nichts. Sie hätte eine ganz andere Entwicklung nehmen können als in ihrem ursprünglichen Universum. Die Menschen, wenn es sie denn in diesem Universum überhaupt gab, hätten die Erde in einem Atomkrieg unbewohnbar gemacht haben können. Die Unwägbarkeiten waren groß. Dafür haftete der guten alten Erde ein Hauch von Heimat an. Eine schwierige Entscheidung. Ungefähr die Hälfte der Siedler entschied sich für die Reise.

Sie würden mit den Zurückgebliebenen in Kontakt bleiben. Von der Erde würde zwar ein Signal 4,3 Jahre zurück brauchen, aber sie wüssten immerhin, wie die Expedition ausgegangen war und konnten weitere Entscheidungen treffen.

Nun brachen also die Mutigen mit dem Mehrgenerationenraumschiff, das sie hergebracht hatte, auf. Die Rückreise würde wieder ungefähr hundert Jahre dauern.

So war es. Die Nachkommen der Siedler auf Proxima Centauri b erhielten schließlich Nachricht von der Ankunft der Pioniere bei der Erde. Sie waren nicht freundlich empfangen worden, sondern als Außerirdische abgewehrt worden. Während der

Auseinandersetzungen hatten sie einiges über das Schicksal der Erde in diesem Universum gelernt.

Die Geschichte war anders verlaufen als in dem uns bekannten Universum. Der Meteorit, der seinerzeit zum Aussterben der Saurier geführt hatte, hatte in diesem Universum die Erde verfehlt. Die Saurier hatten überlebt und die Säugetiere hatten keine ökologische Nische für ihren Aufstieg vorgefunden. Folglich gab es nur wenige kleine Säugetiere und keine Menschen auf der Erde. Stattdessen hatten die Raptoren ihre Intelligenz weiterentwickelt und schließlich die Erde beherrscht.

Mit ihnen hatten die Menschen es jetzt zu tun. Man konnte es kaum glauben, aber die Raptoren waren noch aggressiver als die Menschen. Sie griffen sofort an. Auch sie verfügten über Raumschiffe und wirksame Waffen. Landungsversuche der Menschen endeten in einem Desaster und die Menschen mussten geschlagen den Rückzug antreten.

Damit war es jedoch noch nicht ausgestanden. Die Raptoren verfolgten sie. Sie hatten einige Menschen gefressen und waren auf den Geschmack gekommen. Diese Leckerbissen wollten sie sich holen.

Es wurde noch schlimmer. Die Raptoren orteten das Signal, mittels dessen das Raumschiff der Menschen mit Proxima Centauri b kommunizierte. Sie kannten jetzt das Refugium der Menschen und machten sich auf den Weg, sie dort aufzuspüren. Es würde ebenfalls hundert Jahre dauern, bis sie da waren, aber was sind schon hundert Jahre, um sich auf einen solchen Angriff vorzubereiten?

Immerhin wussten die Menschen um die Gefahr. Sie mussten sich verteidigen, wenn sie nicht als Frischfleisch für die Raptoren enden wollten.

Der Angriff

Zweihundert Jahre waren seit dem Aufbruch der Pioniere Richtung Erde vergangen. Inzwischen hatten sich die Menschen auf Proxima Centauri b explosionsartig vermehrt und hatten seit der Erkenntnis der Bedrohung durch die Raptoren in großem Maßstab aufgerüstet.

John203 hatte das Kommando über die Streitkräfte inne und bereitete die Verteidigung vor.

Sie würden den Raptoren eine Falle stellen. In der Phase ihres Fluges, wo sie abbremsen mussten, würden sie am verwundbarsten sein. Da wollten die Menschen angreifen. Sie kannten die optimale Flugbahn von der Erde zu Proxima Centauri b und konnten den Angriffspunkt abschätzen. Früh begannen sie, die Umgebung zu scannen, um die Raptoren rechtzeitig zu entdecken, falls diese schneller unterwegs sein sollten als die Menschen.

Sie hielten immer eine Eingreiftruppe hinter dem Mond versteckt, weitere Einheiten würden vom Planeten starten, sobald es soweit war.

Tatsächlich waren die Raptorenschiffe schneller als das menschengemachte Raumschiff. Die Verteidiger hatten sich gut vorbereitet und bereiteten den Aggressoren einen heißen Empfang. Mitten in der Schlacht tauchte das heimkehrende Raumschiff der Menschen hinter den Raptoren auf. Die Menschen hatten die nicht sehr zahlreichen Verfolger eliminieren können. Die Raptoren hatten davon nichts erfahren und rechneten daher nicht mit einem weiteren Angriff von hinten. Das Überraschungsmoment gab den Ausschlag und die Menschen gewannen die Schlacht.

Völlig vernichtet hatten sie sie Raptoren indes noch nicht. Einigen ihrer Kleintransporter war die Landung auf dem Planeten gelungen und sie verwickelten die Menschen in Bodenkämpfe. Die dichte Vegetation brachte es mit sich, dass es oft zu Zweikämpfen kam, wobei die Menschen den Raptoren körperlich unterlegen waren.

Die größte Landschlacht der beiden Parteien stand nun bevor. Das unübersichtliche Gelände im Dschungel machte es allen schwer, die feindlichen Positionen auszukundschaften. Der Kommandant der menschlichen Truppen, Mike712, wollte zwei Scouts ausschicken, um das Terrain zu sichern. Er sagte:

„Lucy331 und Charlie445, ihr meldet euch doch freiwillig, oder?"

Die beiden nickten wortlos und zogen los. Sie bemerken die Raptoren, bevor diese sie bemerkt hatten. Das konnte man sich erklären. Die Raptoren trugen schwere Raumanzüge, die sie stark einschränkten. Der Planet hatte dafür gesorgt, dass sie Raumanzüge brauchten. Zum einen hatte er die Luftzusammensetzung so verändert, dass die Menschen sie gut vertrugen, Reptilien aber nicht. Zum zweiten hatte er die mittlere Temperatur gesenkt, so dass die Raptoren, die sich in diesem Universum als wechselwarme Reptilien entwickelt hatten, unbeweglich wurden, wenn sie keine Schutzanzüge trugen. Kein Zweifel: Der Planet unterstützte die Menschen. Sie hatten so gut in den vergangenen hundert Jahren mit ihm harmoniert, dass sich eine Symbiose entwickelt hatte. Der Planet schützte sie.

Die Raptoren, die sie entdeckt hatten, waren nur Kundschafter, drei an der Zahl. Mit denen würden sie fertig werden. Charlie 445 stieß kampfbereit mit entsicherter Waffe geradeaus vor, während Luke331 nach links ausscherte und dort vorrückte. Sie kannten die Kampfweise der Raptoren. Wenn Charlie445 sie konfrontierte, würde einer von ihnen versuchen, auf seine Seite zu gelangen. An dieser Stelle hatten sie nur auf der linken Seite Deckung; also würde der Heckenschütze es dort versuchen. Lucy331 würde sich dann in seinem Rücken befinden und freies Schussfeld haben. Das würde das Schicksal des betreffenden Raptors besiegeln.

Sie waren nicht nur ein gutes Team, sondern sogar ein Liebespaar und konnten sich blind aufeinander verlassen. Charlie445 als der reaktionsschnellere übernahm den geraden Vorstoß, Lucy331 als die geschicktere die Schleichumgehung.

Die drei Raptoren hatten immer noch nichts bemerkt. Sobald Lucy331 abgebogen war, schoss Charlie445 auf den mittleren und traf. Dann ging er sofort in Deckung. Gerade noch rechtzeitig; denn der rechte feuerte zurück, während der linke seitwärts verschwand. Genauso hatten sie es erwartet. Charlie445 lieferte sich ein Feuergefecht mit dem verbliebenen Raptor, während der abgebogene Raptor Lucy331 vors Visier lief. Sie hatte leichtes Spiel. Im Feuergefecht des verbliebenen Raptors mit Charlie445 fing sich letzterer einen Treffer ein – sein rechter Arm wurde zerfetzt. Fast schien er schon geschlagen, er konnte jetzt nur noch mit der linken Hand mittels eines kleinen einhändig zu bedienenden Blasters feuern. Nun konnte Lucy331, die ja immer noch seitlich positioniert war, den verbliebenen Raptor von der Seite angreifen und erledigte ihn.

Damit war der Stoßtrupp ausgeschaltet und die beiden kehrten zu ihrer Einheit zurück, um sie zu warnen. Charlie445 wurde verarztet, der Arm amputiert und der Stumpf verbunden.

Die Hauptstreitmacht des Feindes stand nur ein paar Kilometer vor ihnen. Ihre Einheit machte sich kampfbereit. Da rumpelte die Erde. Ein Stück vor ihnen öffnete sich eine riesige Spalte im Boden und verschluckte die Raptoren.

Wieder hatte der Planet ihnen geholfen.

Charlie445 wurde von Lucy331 getröstet. Der Verlust seines rechten Armes wurmte ihn, aber er hatte seinen Humor nicht verloren und schäkerte mit ihr:

„So ein Mist! Und ich hatte so gehofft, eines Tages an meiner rechten Hand einen Ehering tragen zu können."

Lucy331 antwortete:

„Dann trägst du ihn eben an der linken Hand. Das macht doch nichts."

Das wollte Charlie445 jetzt genauer wissen:

„Du meinst, dich würde es nicht stören?"

„Nein, wenn wir denn nur irgendwann mal heiraten würden!"

Somit war auch das geklärt und sie beschlossen zu heiraten, sobald der Angriff der Raptoren abgewendet wäre.

Im Verlauf der Zeit gelang es den Menschen, die gelandeten Raptoren gänzlich zu vernichten. Ein paar hatten sie gefangen genommen und wollten sie verhören. Man versuchte es mit Übersetzungsprogrammen und hatte schließlich den Erfolg, dass man sich verständigen konnte. Allerdings bekam man keine nützlichen Information aus ihnen heraus. Da rief man Atithi zu Hilfe.

Ja, Atithi lebte noch. Sie hatte eine Lebenserwartung von mehreren hundert Jahren nach menschlicher Zeitrechnung und sie alterte nicht. Ästhetische Gründe für sie, sich zu bekleiden, gab es daher nicht. Sie hatte es dennoch getan, seit sie mit Tom verheiratet war – aus Rücksicht auf die Gepflogenheiten der Menschen, denen sie sich nun zugehörig fühlte. Sie hatte Tom und ihre Kinder längst überlebt. Einige ganz entfernte Nachkommen von ihr und Tom lebten noch und hielten Kontakt zu ihr. Sie konnte Geschichten aus einer Vergangenheit erzählen, die viele nicht mehr kannten.

Von Atithi erhoffte man sich, dass sie auf telepathischem Weg in die Gedanken der Raptoren eindringen könnte. Sie versuchte es. Die Bösartigkeit, die ihr dabei entgegenschlug, ließ sie jedoch zurückzucken und zusammenbrechen. Darauf war sie nicht vorbereitet und das war auch mehr, als sie verkraften konnte. Also musste man anders vorgehen. Man untersuchte die Log-Dateien der Raptorenschiffe und erfuhr schließlich, dass die Raptoren planten, Proxima Centauri b zu kolonialisieren.

Das bedeutete, es würden mehr von ihnen kommen. Die Menschen bereiteten sich darauf vor. Insbesondere entwickelten sie ein System von Sensoren im interplanetaren Raum, das bei Annäherung eines feindlichen Raumschiffes ein Vernichtungsprogramm einleitete. Tatsächlich gelang es ihnen, einige nachkommende Raptorenschiffe schon im Vorfeld abzufangen und zu zerstören. Die restlichen flohen.

Das war es dann erst einmal gewesen mit den Raptoren.

Lucy331 und Charlie445 heirateten.

Die Menschen blieben weiterhin wachsam, erhielten aber nie wieder Besuch von den Raptoren.

Die Menschhcit überlebte.

Teil 3:
Atithis Opfer
Schicksal eines Planeten

Die Überbevölkerung

„Autsch! Was soll das?", schrie Anna13, als die Dornenranken sie stachen. Sie wollte sich von ihnen lösen, aber es wurden immer mehr, die sich um ihre Arme und Beine wickelten. Dabei zogen sie die Frau mit erstaunlicher Kraft in eine Öffnung im Boden. Kaum war sie hineingefallen, schnappten viele orchideenähnliche Pflanzen nach ihr, während eine klebrige Flüssigkeit ihre Beweglichkeit einschränkte und sie langsam zersetzte.

Sie war das erste Opfer der fleischfressenden Pflanzen auf diesem Planeten.

Die Menschheit hatte eine Heimat auf dem Planeten Proxima Centauri b in einem Paralleluniversum gefunden. Explosionsartig hatte sie sich dort vermehrt. Genetisch gab es keine Probleme, da genügend genetisches Material – Sperma und Eizellen – von der Erde mitgebracht worden waren, um die Vielfalt zu garantieren und Inzucht zu vermeiden. Nun drohte jedoch Überbevölkerung. Städte hatten sich entwickelt, zwar ökologisch konzipiert und nachhaltig bewirtschaftet, aber dennoch die Umwelt immer mehr belastend. Um die Menschen zu ernähren, hatte man Landwirtschaft und Viehzucht betreiben müssen. Einen Ersatz für die Kühe der Erde fand man in den Schmuuks, die eine Art Milch gaben. Leider erzeugten sie auch Kohlendioxid und Methan, beides schädlich für das Klima. Die Umwelt litt und der Planet fühlte sich bedroht. Er wehrte sich.

Die fleischfressenden Pflanzen waren erst der Anfang. Diesen Angriff konnten die Menschen noch parieren. Sie gingen großflächig vor, schnitten die Pflanzen ab und vernichteten sie. Dann wurden die Wurzeln entfernt.

Der nächste Angriff des Planeten ließ nicht lange auf sich warten.

Infolge einer merkwürdigen Entwicklung dieses Planeten hatten sich gewaltige unterirdische Hohlräume gebildet, die von Lebewesen bevölkert wurden, die von den Menschen bisher noch nicht bemerkt worden waren. Es handelte sich um riesige gepanzerte Würmer, die sich durch den Boden wühlten.

Diese brachen jetzt immer öfter an die Oberfläche hervor und töteten viele Menschen.

Die Würmer zu bekämpfen, erwies sich als gar nicht so einfach. Es bedeutete einen abenteuerlichen Einsatz, sie zu jagen. Die Freunde Ludwig331 und Georg37 hatten sich zu einer solchen Aktion bereiterklärt und jagten die Würmer. Das tat man am besten zu zweit. Einer lockte den Wurm hervor, der andere lauerte im Hinterhalt, um den Wurm mit seinem Blaster an seiner verletzlichen Stelle seitlich des Kopfes zu treffen. Es gab viele solcher Zweier-Teams, die versuchten, die Zahl der Würmer zu reduzieren.

Einmal wäre es fast schiefgegangen. Georg, der den Lockvogel spielte, stolperte auf seiner Flucht und stürzte. Er wäre beinahe von dem Wurm erwischt worden, wenn Ludwig nicht geistesgegenwärtig umgeschaltet hätte und seinerseits den

Wurm auf sich aufmerksam gemacht hätte. Da er näher am Wurm stand, wandte dieser sich ihm zu, so dass Georg, der wieder aufgestanden war und nun freies Schussfeld hatte, mit seinem Blaster schoss. Volltreffer! Sie hatten blitzschnell die Rollen getauscht und es hatte funktioniert.

Georg japste:

„Das kann doch nicht wahr sein. Wie konnte ich nur in der Situation stolpern. Bin ich denn ein Idiot?"

Darauf konnte Ludwig nur mit einer Gegenfrage antworten:

„Willst du eine ehrliche Antwort haben oder eine höfliche?"

„Deine Ehrlichkeit ehrt dich", gab Georg zurück und fügte hinzu:

„Gib mir fünf!"

Dabei hob er die rechte Hand und Ludwig klatschte ab. Sie kehrten wohlbehalten zur Basis zurück.

Diesmal war es noch gutgegangen, aber diese Form der Jagd war auf die Dauer zu gefährlich. Es musste eine andere Lösung geben.

Man fragte Atithi um Rat.

Atitihi, die Alien-Frau, die von diesem Planeten in einem Paralleluniversum stammte, hatte die Menschen hierher gebracht und unterstützte sie. Sie hatte aufgrund ihrer Herkunft schon immer einen besonderen Draht zu diesem Planeten gehabt. Sie war bereit, mit dem Planeten über das Problem zu reden. Dazu legte sie sich bäuchlings nieder und berührte mit der Stirn den Boden. Das hatte sie schon öfter getan und – wie immer in solchen Fällen – begann der Boden zu vibrieren. Atithi tauschte sich mit dem Planeten aus.

Jungfrauenopfer

Was sie den Menschen danach mitzuteilen hatte, hörte sich nicht erfreulich an: Der Planet verlange, verkündete sie, dass ein gewisser Prozentsatz der Jungfrauen der Menschheit in den größten aktiven Vulkan des Planeten gestürzt werden sollten. So würde das Bevölkerungswachstum begrenzt werden, ohne dass die Riesenwürmer aktiviert werden müssten.

Die Mehrheit der Menschen entschied sich dafür, diesen Vorschlag anzunehmen, um in Frieden auf dem Planeten leben zu können. Atithi teilte es dem Planeten mit und fortan wurden regelmäßig Jungfrauen geopfert, während der Planet nicht nur Ruhe gab, sondern die Menschheit sogar unterstützte, indem er das Wetter den Zyklen der Landwirtschaft anpasste.

Nun war Sandra25 als Opfer dran. Sie hatte vor kurzem ihr 18. Lebensjahr vollendet und war alsbald ausgewählt worden. Jeder erfuhr die Nachricht sofort und die Verschonten waren heimlich froh darüber, dass es sie nicht getroffen hatte. Selbst in Sandras Schule wussten es alle.

Wie immer begrüßte sie am nächsten Tag ihren Banknachbarn, Georg37, mit einem Nasenreiben. Diese Form der Begrüßung – auf der Erde nur von den Eskimos praktiziert – hatte sich in den ersten Jahrhunderten der Menschheit auf Proxima Centauri b entwickelt. Man hatte sich damals um Naturverbundenheit bemüht und sich bei der Arbeit in den Wäldern und auf den Feldern die Hände schmutzig gemacht. Den Schmutz durchs Händeschütteln auszutauschen, schien nicht sehr sinnvoll. Die Nasen dagegen blieben sauber. Also nahm man diese Ersatzhandlung vor. Das stellte kein Problem dar, da alle Nasen trocken waren. Infektionskrankheiten wie Schnupfen gab es seit dem Abflug der Menschheit von der Erde nicht mehr, weil die Mannschaft vorher in Quarantäne gewesen war.

Nun hatten sie sich also begrüßt und Georg37 kam gleich auf das Jungfrauenopfer zu sprechen. Im Scherz schlug er Sandra vor:

„Ich könnte dich entjungfern. Dann wärst du keine Jungfrau mehr und könntest nicht mehr als solche geopfert werden."

Das war natürlich Unsinn. So einfach ließ sich das Opfer nicht umgehen. Das wusste auch Georg, aber er wollte unbedingt seinen blöden Witz loswerden. Jeder weiß, dass es geschmacklos ist, Scherze über eine derart ernste Situation zu machen. Aber so war Georg37 eben. Er hatte einen äußerst merkwürdigen Humor. Das hatte sich schon gezeigt, als er damals seinen Freund Ludwig331 zu sich nach Hause eingeladen hatte und seine Mutter auf den Besuch vorbereitet hatte, indem er ihr sagte, der Junge, den er eingeladen hatte, wäre geistig behindert und sie müsse ganz langsam und deutlich mit ihm sprechen und dürfe nur ganz kurze Sätze verwenden. Seine Mutter versprach ihm, sich daran zu halten, und lobte ihn, weil er sich um einen behinderten Jungen kümmerte.

Seinem Freund Ludwig331 erzählte er indes umgekehrt, dass seine Mutter geistig behindert sei – Altersdemenz – und gab ihm dieselben Anweisungen wie vorher seiner Mutter. Dann beobachtete er, wie die beiden miteinander kommunizierten:

„Hallo. Du sein Freund von Georg?", begrüßte Georgs Mutter den Gast. Der antwortete:

„Ja, ich Freund von Georg. Du Mutter von Georg?"

„Ja. Schön, dass du da sein."

So ging es eine Weile weiter. Die Sache flog erst auf, als Ludwig331 in normaler Sprache etwas zu Georg37 sagte. Georgs Mutter rief entgeistert:

„Aber der Junge kann ja ganz normal sprechen. Was hast du mir denn da erzählt, Georg?"

Georg klärte alles auf und behauptete, es wäre nur ein kleiner Scherz gewesen. Er hatte Glück, dass seine Mutter und Ludwig gute Miene zum bösen Spiel machten.

Der gute Georg verhielt sich unmöglich, aber so war er nun einmal: ohne jedes Gespür dafür, was ging und was nicht. Andererseits erreichte er mit seinem unangebrachten Humor oft seine Ziele, so auch in diesen Fällen. Damals hatte sein Plan darin bestanden, die Kommunikation zwischen Mutter und Freund zu stören, damit das Gespräch nicht darauf kam, dass Ludwig zu jener Minderheit gehörte, die eine Konfrontation mit dem Planeten nicht fürchtete und die Jungfrauenopfer ablehnte.

Diesmal hatte er ein anderes Ziel erreicht, nämlich Sandra wissen zu lassen, wie sehr er an ihr interessiert war.

Nun wurde er wieder ernst. Er nahm Sandra beiseite und erzählte ihr von Ludwig331 und den Leuten, die Jungfrauen retteten, die zum Opfer verurteilt waren. Ludwig331 war ein entfernter Nachkomme von Atithi, die schon einige hundert Jahre gelebt hatte. Für eine Silizium-basierte Lebensform hatte sie gerade erst die Hälfte ihrer Lebenserwartung erreicht. Ludwig pflegte einen losen Kontakt zu Atithi und auch diese erfuhr beiläufig von Ludwigs Untergrundaktivitäten.

Es kostete Georg nicht viel Mühe, Sandra zu überreden, sich mit ihm diesen Widerstandskämpfern anzuschließen. Die Abtrünnigen versteckten sie in den weitläufigen unterirdischen Höhlen. Sie waren dort nicht die einzigen. Viele hatten schon hier Zuflucht gefunden.

Natürlich waren all diese Fluchten nicht unbemerkt geblieben. Die Reaktionen der Menschen darauf waren geteilt. Die meisten konnten es verstehen, manche jedoch hatten bereits eine Tochter oder Schwester verloren und hassten diejenigen, die sich dem Jungfrauenopfer entzogen hatten. Andere wiederum hatten Angst vor dem Planeten, der ebenfalls von den Flüchtlingen erfuhr. Er hatte die unterirdischen Aktivitäten registriert und durch Atithi erfahren, worum es dabei ging.

Nicht dass Atithi absichtlich gepetzt hätte, es geschah ohne jegliches Zutun ihrer-

seits, dass der Planet alles erfuhr, wenn
Atithi ihm ihren Geist öffnete. Daher wusste der Planet, dass ein Teil der Menschheit
es auf einen offenen Machtkampf ankom-
men lassen wollte. So bahnte sich nun ein
neuer Konflikt zwischen dem Planeten und
der Menschheit an.

Becky

Die Menschen im Untergrund hatten kein leichtes Leben. Über der Erde Nahrung zu suchen, stellte eine Gefahr dar. Würden sie erkannt und erwischt, würde man sie zum Verrat an ihren Mitstreitern zwingen und sie einsperren. Was blieb den Untergrundkämpfern daher anderes übrig, als den Oberirdischen heimlich Nahrungsmittel zu stehlen.

Sicher, das verstieß gegen jede Moral, und dennoch: Das übergeordnete Ziel der Rettung von Menschenleben schien es zu rechtfertigen. Natürlich nur, solange es gewaltlos ablief. Darin hatten die Unterirdischen eine gewisse Übung erlangt. Sie spähten günstige Gelegenheiten aus und stahlen immer nur so viel, dass es nicht auffiel.

Auch Taschendiebstahl praktizierten sie. Ludwig331 hatte eine derartige Meisterschaft darin entwickelt, dass er einem Passanten unbemerkt ein Brot aus dem Arm nehmen konnte, indem er es gegen einen gleichschweres Stück Holz austauschte.

Auf einem seiner Raubzüge in einer der Städte sah er ein wunderschönes Mädchen. Er verliebte sich auf den ersten Blick in sie und bekam schnell heraus, dass sie Becky112 hieß. Nun musste er sie nur noch persönlich ansprechen. Nichts einfacher als das: Unauffällig entwendete er ihre Tasche, wobei er darauf achtete, dass sie es nicht merkte. Sodann folgte er ihr, wobei er diesmal darauf achtete, dass sie es sehr wohl bemerkte. Sie spürte also immer deutlicher, verfolgt zu werden. Schließlich drehte sie sich abrupt um und stellte ihn wütend zur Rede:

„Warum verfolgst du mich?"

„Es war meine Pflicht", entgegnete er.

„Wieso denn das?", wollte sie wissen.

„Weil du deine Tasche verloren hast. Ich bringe sie dir nach", grinste er und überreichte ihr die Tasche, die er ihr vorher gestohlen hatte.

Becky112, die den Verlust bisher nicht bemerkt hatte, konnte zunächst vor Überraschung nicht sprechen. Dann stammelte sie:

„Oh, danke schön. Das hatte ich gar nicht bemerkt. Entschuldige bitte, dass ich dich so angefahren habe."

„Na gut", meinte Ludwig gönnerhaft. „Aber nur, wenn du dich ein wenig mit mir unterhältst."

Becky stimmte zu, sie setzten sich auf einen Brunnenrand und plauderten miteinander. Nach einer Weile fragte Ludwig:

„Ich mag dich. Willst du mit mir zusammen sein?"

Becky antwortete:

„Das geht mir jetzt etwas zu schnell. Wir haben uns doch gerade erst kennengelernt. Warten wir noch etwas!"

Ludwig schwieg einen Augenblick geistesabwesend. Dann stieß er hervor:

„Entschuldige, ich hatte eben einen Aussetzer. Was hatte ich dich gerade gefragt?"

Becky zitierte ihn:

„Willst du mit mir zusammen sein?"

Ludwig rief lachend:

„Ja, gerne!"

Becky gab ihm einen Knuff in die Seite und lachte ebenfalls.

Bald wussten sie alles Wichtige voneinander – außer, dass Ludwig zu den Unterirdischen gehörte. Sie trafen sich noch öfter und Becky erfuhr schließlich auch Ludwigs wahre Herkunft. Zu diesem Zeitpunkt konnten sie sich schon vertrauen und wurden ein Paar.

Gemeinsam fuhren sie aufs Land und blieben eine Weile auf einer Farm. Becky versuchte, Schmuuks zu melken. Das ist gar nicht so einfach, wie man denken könnte. Ludwig lachte sie aus:

„Da läuft ja alles daneben! Wenn du weiter so machst, haben wir bald hier unten eine neue Milchstraße."

Ja, auch auf Proxima Centauri b kann man die Milchstraße sehen und jedes Kind kannte sie. Sowohl die Erde als auch Proxima Centauri b liegen im Orionarm, einem Spiralarm der Milchstraße, von wo man einen wundervollen Blick auf das galaktische Zentrum hat.

Becky protestierte:

„Du kannst es auch nicht besser!"

„Und ob! Ich werde es dir beweisen", konterte Ludwig und versuchte es. Dabei stellte er sich jedoch so ungeschickt an, dass das Schmuuk ihm einen Tritt gab und ihn unsanft in die verschüttete Milch beförderte.

„Bist du verletzt?", fragte Becky besorgt und kam hinzugelaufen.

„Nur in meinem Stolz", gab Ludwig lachend zurück.

Jedenfalls hatten sie nun genug vom Landleben und kehrten in die Stadt zurück. Hier änderte sich einiges.

Auch Becky schloss sich den Untergrundbewohnern an und diese wurden immer mehr. Da konnte es nicht ausbleiben, dass die oberirdischen Bewohner auch gelegentlich auf die unterirdischen trafen.

So geschah es einmal, als Atithi gerade Ludwig besuchte, dass eine Gruppe junger Männer auf Atithi, Ludwig und Becky traf und unvermittelt vor ihnen auftauchte. Die vor Tatendurst strotzenden Männer traten drohend den dreien in den Weg und der Anführer forderte:

„Kommt mit uns und stellt euch der Befragung. Und dann werdet ihr geopfert!"

Atithi entgegnete:

„Das werden wir sicher nicht tun. Lasst uns in Ruhe!"

Da trat der Anführer der Gang auf sie zu und schlug ihr mitten ins Gesicht. Er kannte Atithi nicht. Ihr Silizium-basierter Körper besaß blitzartige Reflexe und konnte jeden Körperteil sofort versteinern. Das tat Atithi mit ihrem Gesicht und der Angreifer schlug mit voller Kraft auf Stein. Er schrie laut auf vor Schmerz. Gleichzeitig versteinerte Atithi ihre Faust und schlug zurück. Sie führte das aus, was man im Karate als Oi-zuki jôdan bezeichnet hätte. Es wirkte, als ob ein Granitblock den Kiefer des Angreifers zerschmettert hätte. Er sank bewusstlos zu Boden und die anderen Angreifer flohen.

Wer weiß, wie die Konfrontation ausgegangen wäre, wenn Atithi nicht dabei gewesen wäre.

Die Spannungen zwischen Oberflächen- und Untergrundbewohnern nahmen zu. Und das war nicht das einzige Problem.

Auch die Überbevölkerung nahm weiter zu. Der Planet reagierte zunächst, indem er Mikroorganismen hervorbrachte, von den Menschen später Storze genannt, die unbemerkt in die Behausungen der Menschen eindrangen. Sie ernährten sich dort zunächst von Hautschuppen der Menschen, dann von allerlei Abfällen, bis sie immer größer und stärker wurden. Sie versteckten sich und sprangen, wenn sie schließlich groß genug geworden waren, die Menschen an, drangen wie Harpunen durch Kleidung und Haut ins Innere des Körpers und fraßen die Menschen bei lebendigem Leibe von innen heraus auf.

Beckys Freundin Inge729 war eins ihrer Opfer und es erwischte sie, während Becky neben ihr stand. Becky ergriff sofort die Flucht, gerade noch rechtzeitig; denn ein zweiter Storz schoss auf sie zu und verfehlte sie nur um Haaresbreite. Sie stürzte aus der Tür, deren Energiebarriere nur Menschen durchließ und befand sich für den Augenblick in Sicherheit.

Schnell suchte Becky Ludwig auf und warnte ihn vor der Gefahr. Sie zogen sich in eine Höhle im Untergrund zurück, deren Eingang sie hermetisch verschlossen. Vorräte und Sauerstoffflaschen hatten sie eingelagert.

Ähnlich wehrte sich die ganze Menschheit nach einer Weile. Man traf Vorsichtsmaßnahmen, verhinderte das Eindringen der Mikroorganismen, rottete sie aus und schützte sich gegen die ausgewachsenen Exemplare.

Das brachte nur vorübergehende Entlastung. Als Nächstes schickte der Planet ein umfassendes Erdbeben, das alle Städte zerstörte.

Das wurde dann doch zu viel. Ludwig bat abermals seine Vorfahrin um Hilfe. Atithi hatte immer schon Kontakt zum Planeten herstellen können. Könnte sie nun nicht noch einmal Verbindung mit dem Planeten aufnehmen und Verhandlungen mit ihm zu führen, damit er die Menschen in Frieden leben ließe?

Atithi willigte ein und zog sich zurück, um mit dem Planeten zu verhandeln.

Sie kam mit einem Kompromiss zurück: Der Planet würde den Menschen zehn Jahre Zeit geben, den Planeten geordnet zu verlassen. Dann würde er die Zurückgebliebenen bekämpfen und auszurotten versuchen.

Die Aufspaltung der Menschheit

Die Menschen begannen sofort, geeignete Raumschiffe zu bauen, um sich für den Exodus zu rüsten. Ein Teil der Menschheit jedoch, insbesondere jene, die im Untergrund lebten, entschlossen sich trotz allem zu bleiben und entwickelten Verteidigungsmaßnahmen gegen den Planeten.

Atithi stand vor der Wahl, welcher Partei sie sich anschließen sollte. Sie wollte keine Konfrontation mit dem Planeten, glaubte aber, dass die Zurückbleibenden ihrer Vermittlungskünste bedürfen würden. Ferner fühlte sie sich den Menschen nicht so verbunden wie dem Planeten, der ja in einem anderen Universum ihr Heimatplanet war. Sie fühlte sich hier zu Hause. So entschloss sie sich zu bleiben.

Die zum Aufbruch entschlossenen Menschen bauten eine Flotte von Raumschiffen, die sich autark versorgen konnten. Sie würden durch die Weiten des Alls kreuzen und gegebenenfalls auf Planeten, die sie auf ihrer Odyssee fanden, ihre Ressourcen aufstocken. Man verabschiedete sich von den Zurückbleibenden und brach auf.

So wurde die Menschheit geteilt.

Die Zurückbleibenden bauten erdbebenfeste Städte und entwickelten Waffen gegen die Panzerwürmer. Der Planet, der eigentlich die Menschheit ganz loswerden wollte, bekämpfte sie weiter. Er schickte Viren, Überschwemmungen, Vulkanausbrüche und Stürme. So konnte es nicht weitergehen!

Da traf Atithi eine neue Entscheidung: Sie selbst würde sich opfern. Als Siliziumbasierte Lebensform konnte sie mit dem Planeten verschmelzen, ihn gewissermaßen heiraten. Sie wäre dann ein Teil des Planeten und der Planet ein Teil von ihr. In Zukunft würde dies eine den Menschen wohlwollende Verhaltensweise des dann hybriden Planeten bewirken.

Also verabschiedete sie sich von den Menschen und gab ihnen letzte Instruktionen. Dann streckte sie die Arme zum Himmel und rief etwas in ihrer Heimatsprache hinauf. Darauf zogen sich Wolken zusammen und Blitze zuckten zur Erde. Sie warf sich auf den Boden, räkelte sich auf der Blumenwiese, griff in die fruchtbare Erde und wühlte sich hinein, wobei die Erde sich verformte, sich für sie zu öffnen schien und sie dann wieder bedeckte. Es schien wie ein Bad in der Erde zu sein, wobei Atithi immer tiefer versank. Bald war sie völlig verschwunden. Ersticken würde sie nicht, da sie nicht atmete wie Menschen, sondern Siliziumverbindungen aus der Luft filterte. Diese konnte sie auch dem Boden entziehen. Außerdem versteinerte sie, wie sie es schon einige Zeit nach ihrer Ankunft auf der Erde getan hatte. So ging sie in einen Zustand zwischen Leben und Tod über. Der Planet würde ihre Lebensfunktionen übernehmen, eine Symbiose mit ihr eingehen. Die Mineralien des Planeten würden in Atithi eindringen und Atithis Mineralien an den Planeten zurückfließen.

Kaum hatte der Boden sich über Atithi geschlossen, da begann er zu vibrieren. Die Erde bebte. Die Stelle, wo sie begraben lag, wölbte sich zu einem Berg auf. Gleichzeitig türmte sich über ihrem Grab die Erde immer noch höher auf.

Sie war im Planeten aufgegangen.

Zu ihrem Grab pilgerten die Menschen regelmäßig und versuchten, Kontakt mit ihr aufzunehmen. Atithi würde Vermittlerin zwischen Menschen und Planet bleiben, auch wenn sie nicht mehr unter den Menschen lebte, sondern ein Teil des Planeten geworden war.

Es gelang. Die Menschen, jetzt in ihrer Zahl deutlich reduziert, lebten friedlich mit dem Planeten zusammen. Jede Woche versammelten sie sich an Atithis Grabstätte und Ludwig, der den besten Draht zu Atithi hatte, bestieg den Hügel, legte sich, wie Atithi es so oft getan hatte, bäuchlings platt auf die Erde und kommunizierte mit Atithi.

Die Kommunikation verlief recht einseitig. Seine Gedanken wurden vom Planeten aufgenommen, aber zurück kam wenig bis gar nichts. Er hätte zweifeln können, dass es sich überhaupt um eine Kommunikation handelte. In seiner Hoffnung, dass er dennoch mit dem Planeten kommunizierte, bestärkte ihn jedoch die Tatsache, dass der Planet sich offensichtlich wohlwollend ihnen gegenüber verhielt.

Seinen Kontakt mit Atithi nutzte Ludwig auch, um Becky zu beeindrucken. Sie besuchten einmal einen Geysir und Ludwig sprang in den Pausen zwischen den Wasserausstößen hinüber. Das stellte noch kein Kunststück dar, da man den Rhythmus der Eruptionen leicht nachvollziehen konnte. Das ließ ihn Becky wissen:

„Die Rhythmen abzuschätzen, ist nicht schwer. Das kann ich auch."

Und sie sprang ebenfalls hinüber. So leicht gab Ludwig nicht auf. Er legte die Hand auf den Boden, konzentrierte sich und stellte sich für Minuten über die Öffnung, während der Geysir pausierte.

„Mach mir das nach!", forderte er Becky heraus.

„Klar, kann ich", antwortete diese, legte ihre Hand auf den Boden und stellte sich über die Öffnung, als der Geysir gerade pausierte. Der brach jedoch sofort wieder aus und Becky wurde furchtbar nass.

Dieses Kunststück konnte natürlich nur funktionieren, wenn man gute Beziehungen zum Planeten hat.

Aber die Dusche stellte kein Problem dar. Es war ein warmer Tag. Becky zog die Kleidung zum Trocknen aus, während Ludwig ihr ein paar von seinen Sachen gab.

Der Teil der Menschheit, der ins All aufgebrochen war, traf trotz seiner Flucht auf Probleme. Der Planet hatte Storze auch in ihre Raumschiffe eingeschleust, die den Raumfahrern das Leben schwer machten. Wenn der Planet damit erreichen wollte, dass die Menschen im All zugrunde gehen würden, so hatte er sich getäuscht. Sie taten das, was er am wenigsten gewollt hätte: Sie kehrten um. Dazu trug auch bei, dass das Sauerstoff-Recycling mittels der Sabatier-Reaktion sich als nicht so effizient herausstellte wie gewünscht. Sie würden zusätzlichen Sauerstoff benötigen.

Die Wiedervereinigung

Sie kehrten also nach Proxima Centauri b zurück, bereit, sich den Angriffen des Planeten zu stellen. So kam es zur großen Freude aller Beteiligten zur Wiedervereinigung der Menschheit.

Als sie erfuhren, dass der Planet sich inzwischen mit Atithi verschmolzen hatte, schöpften sie neue Hoffnung. Tatsächlich erwirkte Ludwig vom Atithi-Planeten die Erlaubnis, dass die emigrierten Menschen vorläufig landen durften. Sie konnten sich neu versorgen und mussten dann wieder in den Orbit aufsteigen. Schließlich einigte man sich mit dem Atithi-Planeten auf eine regelmäßige Versorgung der den Planeten umkreisenden Menschen und eine nachhaltiges Verhalten der den Planeten bewohnenden Menschen.

Atithi hatte die Menschen kennengelernt. Sie wusste, dass sie die Erde mit der Klimakrise fast ruiniert hatten. Der Zustand der Erde war bereits kritisch, als die Zentauren – so nannten die Menschen die Bewohner von Proxima Centauri b – die Erde erobert hatten. Wenn die Zentauren damals nicht die Herrschaft übernommen hätten, wären den Menschen vielleicht noch hundert Jahre geblieben, bis die Erde unbewohnbar geworden wäre. Die Zentauren hatten sofort das Ruder herumgerissen und das Klima stabilisiert. Sie hatten dann noch einige weitere Terraforming-Maßnahmen durchgeführt und damit die Erde für ihre Bewohner gerettet. Zwar waren die Bewohner jetzt die Zentauren, aber für die Erde als eine bewohnbare Welt war die Invasion der Zentauren ein Glücksfall gewesen.

Nun wohnten die übriggebliebenen Menschen auf Proxima Centauri b in einem Paralleluniversum. Die Zentauren hatten sie hierher gebracht und ihnen Atithi als Begleitung mitgegeben. Aber auch diesen Planeten würden die Menschen ruinieren, wenn ihnen nicht Einhalt geboten würde.

Die Rücksichtslosigkeit der Menschen war also eine Tatsache. Andererseits wusste Atithi auch, dass die Menschen durch sanften Druck dazu gebracht werden konnten, sich vernünftig zu verhalten. Wenn sie sich jetzt an die Anweisungen des Planeten halten würden, könnte der Planet sie dulden.

Die Überbevölkerung durfte sich nicht auf der Oberfläche des Planeten abspielen. Die Masse der Menschen würde in Raumstationen im Orbit leben müssen. Die Oberfläche des Planeten würde als eine Schutzzone behandelt werden müssen. Nur eine begrenzte Personenzahl würde sich unter strengen Vorschiften dort aufhalten dürfen. Es wäre ein Privileg, das man sich verdienen müsste.

Zum Beispiel könnten Senioren, deren Lebenswerk anerkannt wurde, ihren Lebensabend auf der Planetenoberfläche verbringen. Auch Ehepaare, die Kinder aufziehen wollten, dürften dort wohnen. Wenn die Kinder erwachsen würden, müssen sie in den Orbit umziehen.

Sauerstoff und notwendige Ressourcen für die Raumstationen würden unter genauer Kontrolle bereitgestellt werden. Der Planet durfte nicht belastet werden.

Soweit die Bedingungen, die der Planet diktierte. Die Menschen mussten sich fügen.

So bekam die Menschheit eine zweite Chance.

Diesmal würden sie den rechten Weg beschreiten. Der Atithi-Planet würde sie führen. Er hatte seine Verwundbarkeit durch die Menschen kennengelernt und durch Atithi konnte er die Verhaltensweisen der Menschen einschätzen. Diesmal würde die Menschheit ihre Chance nutzten.

Es gab ein weiteres Problem: Im Lauf der Jahrhunderte hatte sich die Temperatur auf dem Planeten leicht erhöht. Einen menschengemachten Klimawandel wie einst auf der Erde gab es hier nicht. Der Temperaturanstieg ging auf die höhere Abstrahlung des Zentralgestirns zurück. Das Zentralgestirn Proxima Centauri mit seinen

Planeten Proxima Centauri b und Proxima Centauri c umkreist einen gewaltigen Doppelstern, der aber so weit entfernt ist, dass er von den Planeten nur als Punkt am Nachthimmel zu sehen ist. Proxima Centauri selbst steht als Sonne am Himmel von Proxima Centauri b. Als roter Zwerg würde Proxima Centauri über die nächsten Milliarden Jahre heller und heißer werden, weil der Heliumanteil in seinem Inneren zunehmen würde und bei höheren Temperaturen fusionieren würde als der Wasserstoff. Für die Bewohnbarkeit des Planeten Proxima Centauri b würde das irgendwann zum Problem werden.

Der Atithi-Planet spürte das durch seine vielfältig vernetzten Ökosysteme. Er existierte nun schon so lange. Myriaden von vergangenen Klimaperioden hatten ihre Spuren auf ihm hinterlassen, so dass ein derartiger über Jahrtausende anhaltender Trend von ihm bemerkt werden musste. Er kannte also das Problem und hatte es hingenommen.

Nun hatte sich die Situation geändert. Er war eine Partnerschaft mit den Menschen

eingegangen. Er wollte sie vor der Klima-
erwärmung schützen, konnte das aber
nicht aus eigener Kraft. Vielleicht konnten
die Menschen etwas dagegen tun. Es wurde Zeit, dass auch die Menschen selbst
einmal etwas für ihre Zukunft leisteten. Sie
mussten nur noch eingeweiht werden.

Als Ludwig das nächste Mal den Grabhügel bestieg, ertönte Atithis Stimme glas-
klar in seinem Kopf. Sie erklärte ihm die
Situation der langfristigen Erwärmung und
Ludwig verstand.

Er teilte das Problem den anderen Menschen mit und gemeinsam fanden sie eine
Lösung.

Man würde über einen langen Zeitraum
den Planeten geringfügig beschleunigen
müssen. Mit einer höheren Umlaufge-
schwindigkeit würde er auf eine höhere
Umlaufbahn gehoben werden, weiter vom
Zentralgestirn entfernt. Dort wäre die emp-
fangene Strahlung geringer und der Er-
wärmungseffekt würde ausgeglichen.

Es müsste nur im richtigen Zeitpunkt
über einer Wüste eine gewaltige Wasser-

stoffbombe gezündet werden. Die Stoßwel-
le würde dem Planeten einen Schub in die
richtige Richtung erteilen. Der Effekt wäre
zwar nur gering, aber wenn man das Ganze über die Jahrzehnte und Jahrhunderte
immer wieder durchführen würde, könnte
man das Ziel erreichen.

Die Rettungsaktion

Ludwig und Becky hatten sich in Physik qualifiziert und nahmen am Programm teil. Die Bombe zu platzieren erforderte einen exzellenten Piloten. Ludwig erinnerte sich an seinen Freund Georg37, der als Pilot auf Kolonie C arbeitete. Kolonie C nannte sich die provisorische Siedlung der Menschheit auf Proxima Centauri c.

Der riesige eiskalte äußere Planet Proxima Centauri c wurde gerade von den Menschen besiedelt. Das bot sich an. Die Lebenserhaltungssysteme dort waren denen im Orbit nicht unähnlich, nur dass dort auch Rohstoffe zur Verfügung stünden. Ferner gab es dort eine Schwerkraft, über die nicht alle Raumschiffe im Orbit des Atithi-Planeten verfügten.

Die Errichtung von Kolonie C erforderte umfangreiche Einsätze von Raumtransportern, die komplizierte Manöver ausführen mussten. Georg war einer der besten Piloten, die sich darauf spezialisiert hatten.

Ludwig freute sich, Georg wiederzusehen. Georg, der inzwischen Sandra25 geheiratet hatte, freute sich wiederum, seinen Heimatplaneten besuchen zu dürfen. Gemeinsam besprachen sie die Details des Einsatzes.

Danach blieb noch Zeit für Georg und Sandra, einige Sehenswürdigkeiten zu besuchen. Unter anderem fuhren sie zu dem größten Canyon des Planeten. Über einige Seitentäler führten schmale Fußgängerbrücken, die sie überquerten. Auf dem Rückweg passierte es: Mit einem Knall zerbarsten die Trägerkabel der kleinen Brücke und der Laufsteg zerriss in der Mitte, so dass rechts und links nur noch die Reste herunterhingen.

Georg und Sandra konnten sich gerade noch am Geländer festhalten und schwebten nun über dem Abgrund. Ein Ranger. Der zufällig in der Nähe war, eilte herbei, überblickte die Situation, seilte sich zu den

Hängenden ab, sicherte sie, kehrte nach oben zurück und zog sie hoch. Sie waren gerettet.

Nun erhob sich die Frage, wie es zu dem Unglück hatte kommen können. Die Untersuchungen ergaben, dass Sprengladungen an der Brücke angebracht worden waren. Es handelte sich um einen Anschlag, der untersucht werden musste.

Ludwig befragte den Atithi-Planeten, der alles wusste, was auf seiner Oberfläche vorging. Es stellte sich heraus, dass ein gewisser Mark87 der Urheber des Anschlags war. Georg, Ludwig und ein paar weitere Menschen verhörten Mark. Dieser konnte die Vorwürfe nicht leugnen und gestand.

Wütend fuhr Georg ihn an:

„Warum hast du das getan? Du hättest uns töten können!“

Mark gab zurück:

„Das wäre nur gerecht gewesen. Deinetwegen und deiner Frau wegen musste meine Tochter sterben!“

Es stellte sich heraus, dass Marks Tochter Susi26 damals als Jungfrauenopfer hatte nachrücken müssen, als Sandra25 in den Untergrund abgetaucht war. Somit hatte Susi Sandras Opfertod übernehmen müssen und Mark gab Sandra und Georg die Schuld am Tod seiner Tochter.

Sandra hatte sich nie Gedanken darüber gemacht, dass eine andere Frau ihren Platz würde einnehmen müssen. Wer weiß, ob sie abgetaucht wäre, wenn sie es gewusst hätte. Man konnte ihr jedenfalls keine Vorwürfe machen, dass sie sich ihrer ungerechtfertigten Tötung entzogen hatte. Auch Susi hätte das tun können. Aber dann wäre wieder eine andere Jungfrau dran gewesen. Eine verzwickte Frage!

Nun verstand man immerhin das Motiv des Übeltäters. Was aber sollte mit ihm geschehen? Eine Gerichtsbarkeit gab es auf Proxima Centauri b nicht. Die sorgfältige Auswahl der Raumfahrer vor dem Abflug von der Erde hatte seinerzeit dafür gesorgt, dass nur Menschen mit einwandfreiem Charakter beziehungsweise ihre Nachkommen nach Proxima Centauri b gelangt waren. Verbrechen kamen praktisch nicht vor. Kleinere Vergehen wurden durch die sozialen Mechanismen geregelt.

Hier nun war allerdings mehr als eine Kleinigkeit geschehen.

Andererseits war der Übeltäter kein durch und durch schlechter Mensch. Man müsste ihn nur wieder einnorden. Wie das? Vielleicht konnte Atithi helfen? Sie konnte in seine Gedanken eindringen, sie neu ordnen und beurteilen, ob noch Gefahr von ihm ausging. Sie brachten also Mark87 zu ihrem Grabhügel und er legte sich dort bäuchlings hin, wie es üblich war.

Atithi trat in seinen Geist ein und überflutete ihn mit dem Konzept der universellen Liebe, wie sie es schon mit den Menschen auf der Erde getan hatte. Es funktionierte: Mark empfing Liebe, empfand schließlich selbst Liebe und übertrug die Liebe auf Sandra und alle Menschen. Die Sinnlosigkeit von Rache wurde ihm klar. Jetzt bereute er zutiefst, was er Sandra und Georg hatte antun wollen. Er war jetzt allen Menschen freundlich gesonnen und konnte wieder in die Gemeinschaft aufgenommen werden.

Endlich konnte Georg seine Arbeit, wegen der er hier war, beginnen. Die große Aktion zur Rettung des Atithi-Planeten wurde in Angriff genommen.

Zunächst wurde das Gebiet auf der Planetenoberfläche im Wirkungskreis der Explosion evakuiert. Dann brachte Georg die Bombe mit einem Transporter an die vorgesehene Stelle in der oberen Atmosphäre über der Wüste, ließ den Transporter dort an Ort und Stelle schweben, bereitete alles vor und entfernte sich dann mit einem Shuttle. Aus sicherer Entfernung und zum genau berechneten Zeitpunkt zündete er schließlich die Explosion.

Diese alles entscheidende erste Explosion rief tatsächlich einen minimalen Effekt in der richtigen Richtung hervor. Der Planet hatte sich an dieser Stelle verhärtet, um den Stoß vollständig in kinetische Energie umwandeln zu können. Die bewirkte Bewegungsänderung war zwar winzig, aber messbar. Das genügte. Sie befanden sich auf dem richtigen Weg.

Ludwig und Becky, die auf der Basis alles verfolgt hatten, umarmten sich glücklich. Ludwig konstatierte:

„Jetzt haben auch unsere Kinder eine Zukunft."

Becky stellte erstaunt fest:

„Ich wusste gar nicht, dass wir Kinder haben wollten."

Verlegen schwieg Ludwig einen Augenblick. Dann stellte er mit einem verschmitzten Lächeln klar:

„Ich meinte eigentlich die nächste Generation der Menschheit. Aber wenn wir beide Kinder haben würden, wäre das auch sehr schön."

Becky errötete und erwiderte:

„Dazu sollten wir aber erst einmal heiraten."

„Klar, machen wir", erwiderte Ludwig und schon war das beschlossen.

Als Georg auf der Basis eintraf, gratulierte Ludwig ihm zu dem gelungenen Manöver und fügte hinzu:

„War das nun Glück oder Können?"

„Das war natürlich mein überragendes Können", antwortete Georg.

Beide lachten. Dann erzählte Ludwig Georg stolz von seinen Heiratsplänen.

„Um Gottes willen! Wer ist denn die Unglückliche?", scherzte Georg, dessen schräger Humor sich nicht geändert hatte.

Ludwig informierte ihn stolz:

„Es ist Becky und sie ist wegen der Hochzeit keineswegs unglücklich."

Als Georg erfuhr, dass es Becky war, die er schon lange kannte, drückte er Ludwig seine Anerkennung mit den Worten aus:

„Das hätte ich dir gar nicht zugetraut. War das nun Glück oder Können?"

„Weder – noch", protestierte Ludwig. „Es war Liebe. Aber davon verstehst du nichts."

„Na warte!", rief Georg und schon balgten sie sich wie die kleinen Jungs.

Ihr Übermut war verständlich. Es hatte sich alles so gut entwickelt. Sie hatten erreicht, was sie erreichen wollten.